転生悪役令嬢は、氷の侯爵を決死の覚悟で誘惑する

バッドエンド回避で溺愛ルート突入です！

茜たま

✦

Illustration
鈴ノ助

転生悪役令嬢は、氷の侯爵を決死の覚悟で誘惑する

バッドエンド回避で溺愛ルート突入です！

contents

プロローグ　妹に、婚約者を寝取られました

扉の向こうから、喘《あえ》ぎ声が聞こえてくる。

「ああ、ああ……お願いです、もっと、もっとぎゅっとしてください……！」

「可愛《かわい》い、君はなんて素敵なんだ、最高だよ……!!」

「ああ、ああん……！」

ルイーゼ・ローレン伯爵令嬢はピクリとも動くことができないまま、その声をただ聞いていた。

妹から呼び出されることさえなければ、こんな応接室まで来ることはなかったのに。

部屋の入口がしっかり閉ざされてさえいれば、こんな声を聴かずに済んだのに。

なのに、扉は最初から薄く開かれていた。まるで、ルイーゼを待っていたかのように。

（だめ、見てはいけない。入ってはいけない）

頭の奥、誰かが悲痛に叫んでいる。なのにルイーゼの身体は勝手に、扉の中に滑り込んでしまった。

心はやけに落ち着いて、視界も澄み渡っている。

薄暗い部屋の奥、開け放たれた窓から差し込む月灯《あか》りの下。

ソファの上に、半裸で絡み合う男女の身体がはっきりと見えた。

「ああ、好き、アラン様、愛してます……ああんっ‼」

「僕もだよバルバラ、誰より好きだ。愛している」

男性の上にまたがって腰を激しく上下させていたジンジャーレッドの髪の令嬢が、大きな紅《あか》い瞳をルイーゼに向けた。

「お姉様よりも？　お姉様より私のことを、愛して下さるのですか？」

「当たり前だよ。あんな性悪女のことなんか、僕はちっとも愛していない。この国の王妃になるのは君だよ、バルバラ」

思わず引いたルイーゼのかかとが、扉の角にこつりと当たる。

ハッとしたようにアランが振り返った。

ついさっきまでルイーゼの婚約者だったはずの、この国の王太子が。

「ルイーゼ……」

「お姉様⁉　ああごめんなさい、私はアラン様を好きになってしまったの……！」

「大丈夫だよバルバラ。ルイーゼ！　バルバラに乱暴をしたら、僕が絶対に許さないからな！」

「お姉様、私が悪いの、お願い、ぶたないで……！」

抱きしめるアランの肩越しに、バルバラが深紅に光る瞳を向けてくる。

——妹に、殴りかかるのだ。

頭の中に、声が響いた。

――ベッドに上がって喚《わめ》き散らし、バルバラの頬《ほお》を平手で打て。

――だめ。

反射的に踏みだそうとしたルイーゼの脳裏に、もう一つの叫びが弾ける。

悲痛な、泣き出しそうな声。

――そんなことをしては、思うつぼ。今度こそ引き返せなくなる。

ルイーゼは片手を額に当てた。頭が痛い。割れるように痛くて、熱い。

「どこへ行くの、お姉様……⁉」

大声を振り切って、部屋を飛び出した。

磨き上げられた大理石の回廊を、ふらつきながら進んでいく。

途中、数人のメイドや招待客とすれ違ったが、異様な様子の彼女に声をかける者はいない。いや、ルイーゼ・ローレンに下手に関わると何をされるか分からないと、みんなが知っているからだ。

――そう、おまえは悪女。悪役令嬢、ルイーゼ・ローレン。

――ちがう。だめ。思い出して。

遠くから楽団の演奏が響いてくる。廊下の奥が明るいのは、そこが大広間だからだ。

今夜は、王城で定期的に開催される王太子主催の舞踏会で。

ルイーゼは、婚約者であるはずのアランが妹のバルバラをエスコートして先に行ってしまったので、仕方なく一人で会場に到着して。

【奥の応接室でお待ちしています】

入り口でバルバラからの伝言を預かり、向かった先であの光景を見せられた。

——戻ってはいけない。逃げて。逃げるの。

頭の中の声に追い立てられるように進んだルイーゼは、ふらつきながら明るい光の出口に立つ。

大広間を見下ろす、らせん階段の上だった。

煌《きら》びやかなシャンデリアが照らし出す下、色とりどりのドレスを着た貴族令嬢たちが、お目当ての貴族令息たちと花のように舞っている。

弦楽器の高い音が響き渡る。


（ここは、どこ）


視界が揺れる。音が反響する。光が周りをぐるぐる回る。

自分がどこに進んでいるのかちっとも分らないままに、ルイーゼはさらに一歩を踏み出した。

爪先が、空を踏む。

「きゃあああああああ‼」

誰かの悲鳴を聞いた時には、階段を転げ落ちていた。

（ああ、知っている）

意識が闇に落ちる刹那、ルイーゼはすべてを思い出した。

私は、この世界に転生してきていたのだ。

この恐ろしい物語の――悲劇が約束された、悪役令嬢として。

第一章　最後の砦《とりで》の隠しキャラ

いつの間にか、冬がすぐそこまで来ている。

頭上を吹きすさぶ風の冷たさに、ルイーゼ・ローレンはそう気付いた。

（そうよね。あの夜会から、もう一週間近く経《た》ってしまったんだもの）

あのおぞましい夜、大広間の階段から転がり落ちてから数日間、ルイーゼはひたすら眠り続けた。

そして目を覚ますとすぐさま必要最低限の荷物をまとめ、王都のローレン伯爵邸を飛び出したのである。

夜闇にまぎれて乗り込んだ辻馬車《つじばしゃ》に丸一日揺られ、運河沿いの街で貨物船に乗り換えた。荷物のついでに人も運ぶ、庶民の交通手段である。船の甲板にボロボロのマントをかぶってうずくまった自分が伯爵令嬢だと、気付く者はいないはずだ。

ここから更に一晩かけて、港へと下っていく。

（早く早く、一刻も早く）

船が目指すのは、このザレイン王国最北の街、ランドルフ。

そこで、どうしても会わなければならない人がいるのだ。

（私の……ううん、この世界の破滅を止めることができる、ただ一人のひと）

研ぎ澄まされた皮膚感覚が嫌な空気を感じ取ったのは、それから間もなくのことだった。

荷物の積み下ろしを担う中年男が二人、ひそひそと言葉を交わしている。

彼らの視線を辿《たど》った先には、少年が一人座っていた。

十二～三歳くらいだろうか。線の細さが残るものの身なりも良く可愛らしい顔立ちをした少年は、膝に乗せた小さな革袋の中身を確認しているところだった。

その様子を見て、ルイーゼはため息をつきそうになる。

彼が袋から取り出したのは、鈍く光る数枚の金貨。真剣な面持ちで、せっせとその枚数を数えているのだ。お使い途中かもしれないが、こんな場所でそんなものを出すなんて不用心にもほどがある。

思わず身を起こしかけたルイーゼだが、男たちの視線がこちらに向けられたのを感じて慌てて顔を伏せた。

駄目だ。こんなところで悪目立ちするわけにはいかない。

あの少年だって、船を降りれば迎えが来るのかもしれないし、ああ見えてすごく強かったりするのかも。自分などが関わっても、大きなお世話に違いない。きっと、いや、絶対にそうだ。

少年から目をそらして、ルイーゼはぎゅっと膝を抱えなおした。

（……と、思ってたんだけれど……！）

船は順調に川を下り、翌早朝には川の船着き場に到着した。

ここから更に下流へと移動すれば目指すランドルフ城はすぐそこだ。港を目指す人々と積み荷を下ろす男たちで、船着き場は想像していた以上に活気があった。

予定通り馬車乗り場へ向かおうとしたところで、ルイーゼは見てしまったのである。

あの少年が、男たちに声をかけられひょこひょこと付いて行ってしまうのを。

いったんは背を向けて歩き出そうとしたルイーゼだが、ほんの少しの逡巡《しゅんじゅん》の末、距離を空けつつその後を追ってきてしまった。

「なんですか、や、やめてください……！」

「まあまあ。その懐の袋を俺たちにちょっと見せてくれりゃいいんだよ」

「僕は、あなたたちが薬に詳しいと言ったから付いてきただけです！」

「詳しいぜ？　だけどまずは先立つものだ。大人しく見せてくれりゃ、痛いことはしねえからさ」

案の定、船着き場から少し離れた林の入り口で少年は男たちから金を巻き上げられようとしていた。

（ああ、もう、何でよ。どうしてそんな怪しいのに付いてきてしまったのよ！）

分かっている。関わるべきではない。

そもそも自分はルイーゼ・ローレンだ。

自分の身を飾るものには贅沢《ぜいたく》の限りを尽くすくせに、貧困に苦しむ庶民のことなど一顧だにしない。

貴族令嬢の嗜《たしな》みである奉仕活動も鼻で笑って馬鹿にして、この二年間コイン一枚の寄付すらしていない。そんな、社交界で名を馳《は》せる悪女なのである。

それがどうして、よりによって今。かつてないほどに切羽詰まって余裕がない中で、見ず知らずの少年を助ける必要があるだろうか。そんなことができたなら、そもそもこんなところにいなかったはずではないか。

少年は必死に抵抗していたが、あっさりと革袋を奪われてしまった。

「うわ、すげーな。結構入ってるぞ。いったいどこのお坊ちゃんだ」

「返してください！　父の部屋から勝手に持ってきてしまったんです！」

「そりゃいけねーな。よし、おじさんがもらってやるから安心しろ」

ガチャガチャと革袋を掌《てのひら》の上で跳ねさせて、男たちが下衆に笑い合う。

「嫌だ、返して！　大奥様の薬代なんです！」

「しつこいな。ちょっと痛い目見るか⁉」

空を仰いで大きなため息を吐き出すと、ルイーゼは木の陰から踏み出した。

「ねえ、うるさいんだけど。何を騒いでいるの？」

男たちは勢いよくこちらを振り返ったが、声の主がボロをまとった女だと分かると、即座に恫喝《どうかつ》してきた。

「なんだなんだ。引っ込んでろ！」

そうしている間にも諦めず袋へと手を伸ばした少年は、男たちに振り払われて木に身体を押し付けられた。ぐ、と苦しげな声を漏らす。

「その子からお金を巻き上げるのね」

「あ？　なんか文句あるのか？」

「別に？　好きにしたらいいわ」

敢《あ》えて淡々とした口調を心掛ける。頭に血が上った人間を相手にする時は、逆のスピードでペースを乱してやるのがいい。

ずっとずっと昔。

この世界に生まれる前に住んでいた場所で、工事現場の交通整理のアルバイトをしたことがある。理不尽に絡んでくる酔っぱらいを相手にした時に、この道三十年の先輩から学んだことだ。

「そもそも、あなたたちが乗客からお金を巻き上げていること、船の親方も公認なんでしょう?」

ハッタリだが、確信はあった。

船の上で男たちがあからさまに少年の様子を窺《うかが》っていた時、ルイーゼは親方の姿を目で追ったのだ。男たちを止めてくれないかと期待したのだが、親方は男たちの動きに明らかに気付きながらも、敢えて目をそらして関心のない素振りを貫いていた。

不意を突かれた男たちが、動揺を見せる。

「なんでそんなこと、おまえが……」

「私には分かるの。あなたたちが、親方に上前をはねられているってこともね」

にっこりと微笑《ほほえ》んで、ルイーゼは被っていたフードを背に落とす。口元に巻いていたスカーフも、同時にするりと抜き取った。

黄金色に輝く長い巻き髪が、冷たい風に乗ってたなびいていく。

ルイーゼ・ローレンの肌は抜けるように白く、重たいほどに長いまつげが縁取る大きな緑色の瞳はぱっちりとしたアーモンド形で、猫のように目じりが上がっている。ツンととがった鼻梁《びりょう》に、紅を差さずとも蠱惑的《こわくてき》に赤く色づく可憐《かれん》な唇、ほっそりとした顎のライン。

寂しい初冬の山中に大輪の花がぱっと開いたような美貌に、男たちの胡乱《うろん》な目が大きく開かれる。

姿を晒《さら》すのはリスクだ。しかし、狙いどおり虚を突くことができた。

「だけど、そろそろ足を洗った方がいいんじゃない？　役人が目をつけ始めているわ。親方は、いざとなったらあなたたちを切り捨てる気よ。そういう気配、感じているんじゃなくて？」

全てハッタリだが、こういう輩《やから》に上下の信頼関係なんてものはないだろう。

自信たっぷりに笑いながら親方への不信感を煽《あお》ってやれば、案の定男たちは不安げに目配せをした。

「その子、役人の仕込んだ囮《おとり》かもしれないわよ？　そのお金にも、下手に手を出せば後悔するわ」

「なんだおまえ、何者なんだ。何が狙いだ」

一般階級の娘にはとても見えないのだろう。ただ黙って微笑むだけで、男たちは勝手にいろいろなことを想像して青ざめてくれた。

「あら、私はただ可愛い男の子が好きなだけよ？」

「あ？　何言ってんだ？」

怪訝《けげん》そうな男たちに考える隙を与えないように、ルイーゼは畳みかける。

「その子を譲ってくれるなら、役人には黙っておいてあげるわ。そのお金とその子を置いて立ち去りなさい」

さあ、仕上げだ。勢いでけむに巻いてやる。

「私、その子のこと船の上からずっと目をつけていたのよね。私ってそもそも、十五歳以下の男の子にしか興味がないからよ。横取りしないでもらえるかしら」

風が、ルイーゼの美しい金色の髪を巻き上げる。

男たちは怯《おび》えた色を目に浮かべて、こちらを凝視して後ずさった。予想以上の効果に大満足して更ににんまりと笑ってみせながら、ルイーゼは一歩前に足を踏み出す。

「その子は私の屋敷に連れていって、たっぷり可愛がってあげるわ。他にも私の屋敷にはたくさん可愛い男の子を集めているんだから……」

「悪趣味な話をしているな」

頭上から、氷のように冷たい声がした。

その時になってようやく、男たちの驚愕《きょうがく》の視線が自分の顔よりかなり高い位置に注がれていたことに気が付いて、ルイーゼは恐るおそる振り返った。

そこには一頭の白い馬。さらに見上げると、若い男が跨《またが》っている。

神話の中から、戦いを司《つかさど》る神が抜け出してきたのかと思った。

いや、司っているのは美しさかもしれない。研ぎ澄まされた、洗練された美だ。

青みがかった銀色の髪がわずかにかかる青緑の瞳は切れ長で、鋭い眼光を放っている。まっすぐな眉はきりりと上がり、スッと通った鼻筋と引き結んだ唇が凛々《りり》しい。精悍《せいかん》な輪郭に野性味と端麗さを同居させ、危ういほどの色香を放つ。

「クライド様……！」

呆然《ぼうぜん》と座り込んでいた少年が、ほっとしたように叫んだ。

「ひっ……」

男たちは馬上の青年に震え上がったが、すぐに如才ない笑みを作る。

「ちょ、ちょうどよかった、ランドルフ侯爵閣下。俺らはこの変な女に付きまとわれていたんですよ。助けていただきまして、ありがとうございます」

青年は、ちらりとルイーゼに視線を走らせる。

射竦《いすく》められるような眼光に、ルイーゼはマントの胸元をギュッと握りしめた。

冷たい視線だ。ここまできりりと冷たく見透かしてくるような視線を、今まで浴びたことがない。

（この人が……）

「そ、それじゃ俺らはこれで失礼しますんで……」

男たちがにやにやしながら立ち去ろうとした時、クライドが片手に収めていた黒い鞭《むち》が急にしなった。

（――――！）

反射的に自分の頭を庇《かば》ったルイーゼは、潰《つぶ》れたような男の悲鳴に目を見開く。

クライドの鞭が、男の手首に巻き付いている。その手には彼らが少年から奪い取った革袋が握りしめられていた。

「うぁぁあっ‼　痛え痛え‼」

「そんなものを持ったまま、被害者ヅラが聞いて呆《あき》れる」

鼻で笑って、クライドは鞭を握る腕を引いた。男は一層大きな声を上げ、ぽとりと革袋を取り落とす。それでも容赦なく鞭はしなり、手首を赤黒く変色させた。泣き声を上げる男の身体が、鞭の動きに合わせて無残に左右へと揺さぶられる。

「イアン」

「はい」

さらにもう一人、茶色い馬に乗った三十代前半くらいの男がクライドの背後から進み出てきた。眼鏡をかけて金茶色の髪を後ろに流した、端正な面差しの青年である。

「こいつらを船着き場の管理官に引き渡せ。船長が本当に黙認しているなら、まとめて処罰しろ。通行証など、取り上げて構わない」

「そのように処理致します」

クライドは、そこでやっと鞭を緩める。手首を押さえた男はその場に尻餅をついた。

青ざめながら許しを請う男たちを促してイアンと呼ばれた男が去っていくと、クライドは馬から下りた。背が高く精悍に引き締まった体躯《たいく》には、堂々として隙がない。

地面に落ちた革袋を拾い上げ、駆け寄ってきた少年に渡した。

「あ、ありがとうございます、クライド様……！」

「あとでイアンからたっぷり説教を受けろ、ザシャ。みんなも心配している」

「でも僕は、大奥様のお薬を手に入れられないかと思って……‼」

「原因もまだ分かっていないんだ。おまえが簡単に薬を見つけられるようなものじゃない」

うなだれる少年の頭にぽんっと軽く手を置くと、クライドは不意に瞳をルイーゼに向けた。

白銀の軍服風ジャケットにはフードがついていて、獣の黒い毛が首周りを縁どっている。耳に光る緑の鋭角なピアスも、銀色の髪に映えてとても絵になる。

（絵になる……というか、まるでスチルみたい……）

間違いない。

二十四歳にして、荒くれものばかりの北部一帯を取りまとめる若き侯爵。

威風堂々とした佇《たたず》まいとクールな言動から、氷の侯爵と謳《うた》われる。幼いころからその聡明《そうめい》さは抜きんでていて、剣術・馬術すべてにおいて他の追随を許さなかった、ザレイン王国、王位継承権第二位……。

「クライド・フォン・ランドルフ……」

クライドの完璧な形の片眉がぴくりと上がったのを見て、ルイーゼは自分がその名を口に出していたことに気付いた。

ああ、やっと会えた。

伝えたいことがたくさんある。知ってほしいことも、訴えたいことも。

だけど、ただただ会いたかった。

この恐ろしい世界で、たった一人。自分の命を救ってもらえる、そのカギを握る最後の一人。

彼に会いたい一心で、この北の地まで必死の思いでやって来たのだ。

ただただ――彼に、愛してほしいがために。

こみ上げる思いに唇を震わせるルイーゼを見下ろして、若き侯爵はどこまでも美しく蠱惑的に……

絶対零度の、笑みを浮かべた。

「名を名乗れ。十五歳以下の男を屋敷に集めるのが趣味な悪女よ」

ルイーゼは、自分がとんでもない間違いを犯してしまったことに気が付いた。

＊

「ルイーゼ・ローレン……。ローレン伯爵家の長女か」

船着き場近くで初めて出会ってから、数刻後。

身分を明かしたルイーゼは、侯爵家の城に足を踏み入れることを許されていた。

切り立った崖の上にそびえる城の最上部、クライド・フォン・ランドルフ侯爵の執務室で、ルイーゼはクライドとテーブル越しに向き合っている。

王城にある王太子・アランの執務室は、四方に芸術品が並べられ、仕事場というより煌びやかな美術館のようだった。

一方ここは、全く違う。

天井の高い広々とした部屋であることは共通しているが、書類の山が机はおろか椅子や床の上にまであふれている。大陸の巨大な地図や海図がびっしりと貼られた壁沿いには、貿易品を運ぶための木箱やむき出しの武器が乱雑に積み上げられ、美術館どころか軍の本拠地のように殺伐としている。

長い足を無造作に組んでルイーゼの自己紹介を反芻《はんすう》したクライドは、肘置きに頬杖《ほおづえ》を突いたまま興味なさげに続けた。

「助けてくれたことには礼を言うが、さっきの少年を君の屋敷に連れていかれては困る。あれはうちの家令の息子だ」

「いえ、閣下。あれは言葉の綾《あや》というものですわ」

ひきつった笑顔を浮かべて、ルイーゼはあくまで穏やかに返そうとつとめる。

「俺は別に他人の性的嗜好《しこう》にとやかく口を出す趣味はないし、君の趣味もどうでもいい。ただ俺の領地にまで少年を探しに来られては迷惑だというだけだ」

「違います、聞いてください。ここでもどこでも、そんなことはいたしません！」

声をひっくり返らせながら、必死で弁解する。

「ああいうふうに言って、あの男たちを混乱させようとしたのです。私には、そのような趣味はありません！」

（ああもう、最悪すぎるわ。あんなに慎重に進めてきたのに、こんな最低な始まり方ってない）

もう泣き出したい。これが本当にゲームなら、即リセット案件だ。

クライド・フォン・ランドルフは、椅子に背中を預けたまま、じっとルイーゼを見つめている。

それにしても、やっぱりとんでもない美形だ。

特に、目じりの切れ上がった青緑色の瞳に見つめられると息が止まりそうになる。「クールで気高い氷の侯爵」……公式で謳われていた通りだ。

薄く色っぽい唇の片端が、わずかに持ち上がった。

「なら、王都で優雅に暮らしているはずの伯爵令嬢が、どうして遥々《はるばる》こんな最果ての北部まで来た」

――北部の人々は気性が荒く、港には野蛮な異国の海賊たちが我が物顔で跋扈《ばっこ》し、北の山脈からは狼《おおかみ》などの野生動物がしょっちゅう人里まで下りてくるらしい。

王都の人々は勝手な憶測でそんな噂《うわさ》を囁《ささや》き合い、北部を恐れているのである。

そんなふうに思われて、王都貴族に対してクライドが好意的な印象を持つはずがないだろう。

警戒心に満ちた瞳の奥の光は、ルイーゼの真意を測ろうとしている。ほんの一瞬でも気を緩めると、すべてを見透かされてしまうかもしれない。

だから、ルイーゼも目をそらさない。見つめ返しながら、偽りのない言葉で返す。

「ランドルフ閣下に……クライド様に、会いに来ました」

「俺に？　なぜだ。君と俺は初対面だろう」

微塵《みじん》も動じないクライドに、まっすぐ切り込んでいく。

「クライド様と、お近付きになりたいと思ったからです」

変に策を弄しても、きっと彼には見破られてしまう。

クライド・フォン・ランドルフの元には、既に多くの女性が結婚を申し込んできているはずだ。ならば伯爵令嬢であるルイーゼが同じように考えてここまでやって来たと言っても、そこまでは……若干唐突かもしれないが……ものすごく変、というわけではないはずだ。きっと……多分。

「へえ、俺と？　俺はもう二十四だがいいのか？」

「だから、十五歳以下云々《うんぬん》というのは忘れてください‼　私は　クライド様にお会いしたかったのです‼」

意外としつこい人なのだろうか。思わず叫んでしまったルイーゼに、クライドはわずかに笑う。

「そうか。それは光栄だな」

まったく光栄と思っていない声音で流し、クライドはルイーゼの身なりに視線を走らせた。

ルイーゼは、途中の街で購入した、茶色く染みだらけの古ぼけた服を幾重にも羽織ったままだ。さらにこの三日間は馬車と船に揺られてきたため、髪もボサボサになっている。寝不足と疲労でひどい顔をしているのだろう。

少なくとも、伯爵令嬢がお近付きになりたい相手に会いに来る時の状態ではない。

（予定では、お城に着く前に着替えるはずだったのに……）

もう何もかも、計画がしっちゃかめっちゃかである。

「取るものもとりあえず、夢中でここまで来てしまったものですから」

「供も連れず、たった一人で？」

「供さえ伴うのを忘れるほどに必死だったのです」

「そこまでして、俺に一刻も早く会いたかったってわけか」

「ええ、その通りです。お会いできてよかったですわ」

どうにかごまかせたかしら、と微笑んで見せたところで、ふ、と息が漏れる音が聞こえて、ルイーゼは眉を顰《ひそ》める。

クライドは、明らかな冷笑を浮かべていた。

造作が完璧に整った彼が浮かべると、恐ろしさと……それを上回る絶望が襲ってくるような、そんな種類の微笑である。

「それが君の常套手段《じょうとうしゅだん》か。ルイーゼ・ローレン」

「え……」

「君の評判は、この北部まで届いてきている。王太子・アランの婚約者でありながら他の男たちを次々たぶらかす稀代《きたい》の悪女だと。王都だけでは飽き足らず、ついにこんなところまでやってきたということか。ご苦労なことだな」

椅子に背を預け呆れたように肩をすくめたクライドは、ルイーゼの顔を見てふっと言葉を切る。

（どうしよう、笑わないと。こういう時こそ余裕を漂わせて微笑まないと）

分かっているのに、強張《こわば》った表情を動かすことができなかった。

なんて滑稽なのだろう。自分が悪役令嬢であることは、とっくにこの地にまで伝わっていたのだ。

クライドの耳にも、届いていたのだ。

（もう、この世界のどこにも、本当の私のことを分かってくれる人なんていないんだわ）

自分が大きな勘違いをしていたことに、ルイーゼはやっと気が付いた。

この世界で生き延びるためには、クライド・フォン・ランドルフの寵愛《ちょうあい》を勝ち取るしかない。

その一心で、ここまで来た。

しかしそれは、彼の庇護《ひご》下に入って守ってもらうということではなかったのだ。

そんな風に思っていては、きっと何も解決しないのだ。

（ここに至っても、私はまだ、誰かに頼ろうとしていたんだ）

今こそ自分の命を、自分自身でつかみ取っていかなくてはいけないのに。

（なんてバカだったんだろう。……なんて、甘えていたんだろう）

一度ゆっくりと深呼吸をして、ルイーゼは唇を開く。

「……クライド様は、もしかして私が怖いのですか？」

クライドが、形のいい眉の片方をピクリと上げた。

「何だって？」

「ええ、そうですね。こんなボロをまとって現れて、気を引こうとしているのかもしれません。伯爵令嬢でありながら恥ずかしげもなく初対面の男性に対してお近付きになりたいなどとのたまう私は、噂通りの稀代の悪女なのかもしれません」

クライドはルイーゼを見つめたまま、長い脚を組み替えた。その眼光は小動物くらいならそのまま射殺しそうに鋭いが、ルイーゼは俯《うつむ》かないで踏ん張った。

これは、今までとは違う新しい一歩なのだ。これから先、この恐ろしい世界でたった一人、一日でも長く生き延びていくための。

「よろしいですか、クライド・フォン・ランドルフ閣下。私は確かにこの城に、あなたを誘惑しに参りました。しかしこれは私にとって、命がけの戦いなのです」

「くだらないな。俺を誘惑することが、君にとって命がけだと？」

クライドは鼻で笑う。しかしその目に、今まではなかった興味の光が差していることにルイーゼは気付く。気付いて、持っているすべてをそこに賭ける。

「はい。そのために……クライド様を誘惑するために、私はこの地に参りました」

クライドは、目を冷たくすがめた。

「無駄だな。なんせ、俺は君のような女が一番嫌いだ」

その言葉は氷の破片となってルイーゼの胸に突き刺さるが、傷ついたことを顔には出さない。

「ならば今の時点では、閣下がかなり有利ですね。おっしゃる通りクライド様が真に誇り高き『氷の侯爵』なら、私程度の悪女の誘惑に屈することなどないはずです。私が何をしようとも、鼻で笑って無視すればいい」

覚悟を決めろ、むしろ笑え。

悪女なら、ここがスタートラインだ。

「これは、クライド様と私の戦いです。もしも、私が本当に誘惑されるに足らないつまらない悪女だったのならば」

右手を開いて、ばん、と自分の鎖骨の下に押し当てる。

「それなら、私を王都に送り返すなり切り捨てるなり、何なりとご自由になさってくださいませ」

ルイーゼには、今なにもない。ここにおいてもらえる理由も、悪女ではないことを証明する手立ても、なにもない。

それなら、全力でやりきるしかない。

悪役令嬢ルイーゼ・ローレンとしての生きる道を、ここに見出《みいだ》すしかないのだ。

クライドは、黙ったままルイーゼをじっと見つめている。

真冬の風のように冷たい瞳を見返すと、この人の前ではどんな嘘《うそ》もつけないのだと思い知らされる。

それでも、ルイーゼは震えながら必死でその目を見つめ返した。

もう、自分のこれから先のことは、この人の選択次第なのだ。目の前のこの人にそれだけのことを委ねる以上、目をそらしたり俯いたりしている場合ではない。

どれくらいの時間が過ぎただろうか。外の冷たい風が窓を揺らす音だけが部屋に響く中、クライドはふっと息を吐き出した。

「そんなに睨《にら》みつけながら誘惑するとは、よく言えたものだ」

「え……？」

「さっきの男たちに、親方も仲間なんじゃないかと言っていたな」

「は、はい。申しましたが……」

ものすごく気負っていたのが、思いがけない質問で肩透かしを食らわされた。

「どうしてそんなことを思った？　確証があったのか？」

「いえ……。船の上で、親方が見て見ぬふりをしたように感じましたので、ハッタリをしてみました。

あの男たちの堂々とした様子に、分かりやすい後ろ盾があることも予想できましたので、自信はあったのですが」

「なるほどな。じゃあ、役人の囮っていうのも、もちろん」

「ダメ押しのハッタリですが、あれはもう言ったもの勝ちでしょう？　あの男たちを不安にさせられれば十分かと思いまして」

戸惑いつつ答えたルイーゼは、いつの間にかクライドの口元に笑みが浮かんでいることに気付く。

それは、ついさっきまでの冷笑とは違う。血の通った微笑だ。

「面白い」

「え……？」

クライド・フォン・ランドルフは、青みがかった銀色の髪をかき上げた。

「せいぜい頑張って俺を誘惑してみることだな。言っておくが、手加減はしない」

「っ……」

「それでも構わないと言うのなら、部屋を用意させよう」

ルイーゼは眉を跳ね上げた。

「あ……ありがとうございます、頑張って誘惑いたしますわ‼」

こぶしを突き上げる勢いで鼻息荒く返事をするルイーゼを流し見て、クライドはニヤリと笑う。

「さっきの言葉、忘れるなよ」

「え？」

クライドは、テーブルの向こうから初めて身を乗り出した。

「俺一人誘惑できないつまらない悪女だと判断したら、容赦なく切り捨てさせてもらう」

どう猛な狼が小動物を蹂躙《じゅうりん》するようなその笑顔に、ルイーゼは凍り付く。

しかし、ひるんでいる場合ではない。

難攻不落の氷の侯爵を誘惑すること。それが、残された最後の道《ルート》。

この世界を手中に収めようとする妹から逃げ切るための、唯一の希望なのだから。

第二章　身体で誘惑？　楽勝です

「こんなに綺麗《きれい》なお姉様ができるなんて、夢みたいです。どうか可愛がってくださいませ」

バルバラがローレン伯爵邸にやってきたのは二年前。ルイーゼが十九歳、バルバラが十八歳の時だった。

かつて、父が一般階級の女性との間に作った娘だという。

仕事を理由に屋敷を空けることの多かった父だが、さすがに自分と一歳しか年の違わない娘を外で作っていたとは思わなかった。

愕然《がくぜん》としたが、バルバラの母は最近亡くなったばかりだと知り心が動いた。

ルイーゼも、九歳で母を失っているのだ。

（私のたった一人の妹。きっと心細くて不安なはずだわ。優しくしなくては）

そう決めて顔を合わせたバルバラは、とっても可憐な少女であった。

ジンジャーレッドのふわふわの髪を揺らして駆け寄ってくると、天使のような笑顔を浮かべてルイーゼにきゅっと抱き着いた。

あまりにも一足飛びに懐に入り込んでくるような距離の詰め方に戸惑ったが、きっとそれが一般階級の無邪気さというものだろう、とルイーゼは思った。

「よろしくね、バルバラ。私も嬉《うれ》しいわ」

だからそんなふうに答えて、細い身体を抱きしめ返したのだ。

バルバラは、急速に周りの人々の心を捉えていった。

「新米伯爵令嬢として、精いっぱい頑張らなくちゃ」

そんな殊勝なことを言っては様々なドレスを身に纏《まと》い、毎日のようにお茶会や舞踏会へと出かけていく。

どこに行っても、明るくて無邪気で物怖《ものお》じしないバルバラは、その場の中心になってしまう。

それは、生まれつき派手な見た目をしつつも家で一人過ごすことを好んだ自分とは正反対で、姉妹でもこんなに気質が違うものなのね、とルイーゼはただ驚くばかりであった。

バルバラはどんどん友達を作り、知り合いを広げ、分からないことは周囲に頼る。その甘え上手で可憐な様子は社交界の多くの人々の心を掴《つか》んでいった。……とりわけ、若い貴公子たちの心を。


そして、あの日がやって来たのだ。

ルイーゼの婚約者である王太子・アランとの、月に一度のお茶会の席だ。

その頃には、そのお茶会にはバルバラが必ず同席するようになっていた。更にその日、王太子妃になるための勉強で少し遅れたルイーゼが王城の庭園のガゼボに辿《たど》り着《つ》いた時、バルバラが座っていたのはアランのすぐ隣の席。いつもルイーゼが座っていた、定位置だった。

ルイーゼが到着しても、バルバラがそこを譲ることはない。

仕方なくアランの正面に腰を下ろしたルイーゼを気にする様子もなく、二人は親しげに話を続けている。

身体をアランの方に傾けて、彼の耳元に唇を寄せるようにしてバルバラは何かを囁いている。話の内容が聞こえないこともあり、二人がくすくすと笑うたびに、ルイーゼは居心地の悪さを覚えた。

「ねえ、バルバラ。私にも聞こえるように、もう少し大きな声で話してもらえないかしら」

だから、努めて明るい声で言ったのだ。いつものように、笑顔を浮かべて。

それなのにバルバラは、急に身を竦《すく》めてアランにしがみつくと、悲痛な声を上げた。

「ごめんなさいお姉様、怒らないで……‼」

その豹変《ひょうへん》に驚いて、ルイーゼはぽかんとしてしまった。

バルバラは、怯え切った顔でアランの胸にしがみついてカタカタと震えているばかりだ。

「どうしたの、バルバラ……」

具合でも悪くなったのかと戸惑いながら、ルイーゼは思わず立ち上がってバルバラに手を伸ばす。

その瞬間、バルバラは一段大きな悲鳴を上げた。

「ああ、お願いお姉様、ぶたないで‼　バルバラが悪かったわ。私みたいな庶民の娘が、こんなところに来てごめんなさい。王太子殿下とお話なんかをしてごめんなさい。謝りますから、お願いだから、いつもみたいにぶたないで‼」

明るい真昼の庭園が、水を打ったように静かになった。

「バルバラ……いったいどうしたの、なぜいきなり、そんなことを」

沈黙の中、訳が分からないままにルイーゼはつぶやく。

伸ばした震える指先を、払ったのはアランだった。

「バルバラが怯えている。奥で休ませてくるよ。ルイーゼは先に帰ってくれ」

それまでのアランは、とても優しい人だった。

親同士が決めた相手とはいえ、九年間も婚約者としてルイーゼに礼を尽くしてくれていたのだ。

なのに今、彼がルイーゼを見つめる目には、冷たい軽蔑が浮かんでいた。

使用人たちも遠巻きに見つめてくるガゼボに一人取り残されたまま、ルイーゼは手足が冷たくなっていくのを感じていた。


「バルバラ、どうしてあんなことを言ったの？　あれではまるで……」

その夜遅くに屋敷に帰ってきたバルバラに、ルイーゼは詰め寄った。

「あれではまるで、お姉様が私を虐《いじ》めているみたい？」

寝室の床にドレスを脱ぎ散らかしながら、バルバラはふああとあくびをした。

（こんな冷たい声を出す子だったろうか。いつの間に、こんなふうに私のことを、まるでゴミを見るような目で……）

「とりあえずメイン攻略対象のアラン様と仲良くなるところまでは来られたから、やっぱりこの家に引き取られるルートから始めて正解だったわ。あー、でも逆ハー目指すとやることが多すぎてほんっと面倒くさい。ゲームと違って、寝れば全ステータス回復するってわけじゃないし」

何を言っているのかも分からない。目の前のバルバラが知らない人になってしまったようだ。

湧き上がる恐怖を必死で押さえ、ルイーゼは唇を湿らせた。

「大体、アラン様は私の婚約者でしょう。あなたの態度はちょっと目に余るわ。それにあなた、他の方の婚約者の男性にも同じように接しているそうね。そんなことをしてはいけないわ。あまりに礼儀に反するもの」

「ねえ、お姉様……ルイーゼ・ローレン」

下着姿になったバルバラは踊るように近付いてくると、ルイーゼの頬に細い指先を当てる。甘い声で、名前を呼んだ。

「駄目よ、そんなのでは私は全然怖くなんかない。叱るなら、もっと怖い声で居丈高に言ってくれなくちゃ。こんなふうにね、ルイーゼ・ローレン‼」

鋭くドスの利いた声で叫び、バルバラはルイーゼの頬に当てた手を勢いよく水平に切った。

ピッ。

頬が一瞬熱くなり、そしてじんじんと痛み始める。

押さえた掌に付いた血で、爪によって傷がつけられたのだと分かった。

でも、頭が追い付かない。どうして、なぜバルバラがこんなことを。

「とっても綺麗ね、ルイーゼ・ローレン。子猫みたいなアーモンド形の目に、金色の巻き髪。私は主人公補正で平均的なサイズなのに、あなたはそんなに胸もデカくて、あーあ、それだけは本当に羨ましい」

何を言っているのか。この子は一体、どうしてこんなにも邪悪な笑みを浮かべているのか。

「あなたにはまだまだ利用価値があるの。それまでは生かしておいてあげる。でも、あなたの重要な役割は『悪役令嬢』であることよ。可哀想《かわいそう》な私を虐める、意地悪な姉。お願いだから、ちゃんと役割を演じてくれなきゃ駄目。そんなクソ弱々しい恫喝じゃ、周囲を騙《だま》すことなんてできないわ?」

バルバラの青いはずの瞳が、妖しい紅色に光りはじめる。大きく潤んだ瞳のその奥に、どす黒い炎が見えるようだ。

バルバラの声が、低く、太く聞こえてくる。頭の芯に絡みついて、ぐらぐらと揺らしてくるような。

遠くから、近くから。近付いては離れて、かと思ったら急速に近付いて。

深く深く、響いてくる。

「いーい？　ルイーゼ。これからもあなたはみんなの見ている前で、私を虐めるの。分かる？　特に、アランや上位貴族の貴公子の前では徹底的にその役割を演じてね。だけど私と二人きりの時は、あなたは私の下僕になるの。分かった？　そうしたら、しばらくは生かしておいてあげる」

爪の先に付いた血を、バルバラは赤い唇を大きく開いてしゃぶった。

「思い通りにならないなら、あなたは途中退場よ。邪魔してきた私の母みたいに、ずたずたに処分してあげる」

「な……にを……」

バルバラは可憐な花のようににっこり微笑み、ルイーゼからプイと離れた。

「お姉様の名前でたくさんドレスや宝石を注文しておいたから、支払いは全部よろしくね。アラン様が、お姉様に虐められる可哀想な私を観劇につれて行って下さるんですって。きっと注目を浴びるわよ。もうこれからは、前の日と同じドレスなんて着られないわね。そうだわ、ついでにお姉様のドレスも全部入れ替えてあげる。悪役令嬢に似合うのは、原色のドレスに決まっているもの。もちろん露出度は大幅に上げてね」

クスクスと笑う声を聴きながら、ルイーゼはすとんと床に腰を付いた。

バルバラ・ローレンという名の悪魔につかまってしまった、あの日がすべての始まりだった。

＊

静かな部屋のベッドの上、ルイーゼはそっと目を開く。

寝台の他は、簡単な椅子と机があるだけの質素な客室だ。

しんと静まり返った朝の空気を揺らさないように床に下り、大きな窓のカーテンを左右に開く。

「わあ……」

思わず声が漏れてしまった。

クライド・フォン・ランドルフが統括するのは、王国の北部全土である。北の大国との国境に接しつつ、広大な農耕地と外海に面した国内最大の港を有している。

城下の街を一望する切り立った崖の上にそびえ立つ、ランドルフ城。威圧的なまでに堅牢《けんろう》な城でルイーゼに与えられたのは、北の塔の一室だった。

クライドの執務室がある城の中心からはぐっと離れているが、窓からの見晴らしは最高だ。左手に広がる水平線から城下の街並みへ、更にその背後の山々へと視線を移していくと、山肌は既に真っ白な雪で覆われている。

「よしっ……と」

しばらく朝の空気を堪能してから、ルイーゼは抱えてきた鞄《かばん》から着替えを引っ張り出していく。

ベージュのブラウスにグリーンの前掛けが付いたワンピースというシンプルな服装だが、本来の自分に戻れたようで心からほっとする。ぼさぼさになっていた髪も一つにまとめると、部屋の中を片付けていった。

道中で買ったボロボロの衣類は捨てるかどうか迷ったが、洗濯をして鞄に戻しておくことにした。あまり考えたくはないが、またこれが役に立つ時が来る可能性は十分に高い。

部屋は簡素な造りだったが、掃除が行き届き清潔だった。その上、昨夜は夕食までメイドが届けてくれたのだ。

どんなに売り言葉に買い言葉だったとしても、さすがは侯爵家当主である。受け入れる、と決めたからには十分すぎる厚遇を与えてくれている。

「あうう……」

そのクライドに対する昨夜の自分の一連の言動を思い出し、ルイーゼはその場に座り込んでしまった。

――もしかして私が怖いのですか。

――あなたを誘惑しに参りました。

どこの世界に、誘惑しに来たことを公言する悪女がいるだろうか。

あの時はここにおいてもらわねばと無我夢中だったが、一晩明けると、どの口が言えたものかと震えてくる。

そして、よくもまあクライドは、そんなルイーゼを受け入れてくれたものである。

突然ボロをまとって現れた上に、唐突に少年趣味を披露して、遂《つい》には喧嘩腰《けんかごし》で謎の勝負を持ち掛けてきた、怪しく胡散臭《うさんくさ》い女。

さらに王都でのルイーゼの悪名も知りながら滞在を許可してくれるだなんて、クライド・フォン・ランドルフ侯爵とは、実はとんでもなく慈悲深い人なのかもしれない。それとも、自分がルイーゼに籠絡されるはずがないと高を括《くく》っているだけなのか。

——俺は、君のような女が一番嫌いだ。

投げつけられた決定打を思い出してまた落ち込みそうになるが、ぱんと両頰を叩《たた》いて立ち上がる。

(どちらにしても、私はまだ生きている。雨露をしのげる屋根がある。上出来じゃない)

部屋の片づけをあらかた終わらせると、ルイーゼは小さな机に向かった。

改めて、自分の置かれた状況を整理しておくべきだろう。


十八禁乙女ゲーム「蝶《ちょう》はあなたを惑わす」。

それが、この世界の持つもう一つの名前である。

ルイーゼ・ローレンとして生まれる前、自分は少し貧乏なこと以外はごく普通の女子大生だった。

ここよりずっと文明が進んだ別の世界で、勉強と様々なアルバイトに追われつつゲームで遊ぶのが唯一の楽しみな、学生としての生活を平凡に送っていたのである。

あの舞踏会の夜、階段から転げ落ちたルイーゼは長いながい夢を見て、目を覚ました時にはすべてを思い出していた。

第一声は、「よりによって『蝶わす』のルイーゼって……嘘でしょう⁉」である。

「蝶はあなたを惑わす」略して「蝶わす」は、賛否両論が極端に分かれるゲームであった。

ある一定の性癖を持った女性には、「こんなゲームを待っていた‼」と熱狂的に受け入れられ、大多数の女性には「こわっ。ないわー」と低レビューを付けられる種類のものだ。

その理由は、トゥルーエンド後の過激な裏シナリオにあった。

隠しキャラ含め七人の攻略キャラすべての好感度をマックスまで上げ、さらにすべてのスチルとイベントをクリアすると、主人公はトゥルーエンドという名の逆ハーレムエンドを迎えることができる。

そこで初めて追加されるのが、伝説の裏シナリオなのだ。

トゥルーエンド後、主人公はこのザレイン王国の実権のすべてを握る女王となるのである。

彼女は、自分を妄信する攻略対象キャラたち（もちろん全員権力を持つ美形）を自在に操り、欲望に忠実な世界を築き上げていく。

美しい男だけを国中から集めて自分の城に詰め込むと、裸に剥《む》いて一列に並べ、順番に奉仕をさせていく。贅《ぜい》を尽くした悪趣味な遊戯を強制し、毎晩のようにただれ切った酒池肉林の宴を開く。

男たちは彼女の寵愛を奪い合って理不尽な要求を呑《の》み、彼女の歓心を買うために、どんな悪事にも手を染めるようになっていくのだ。

一方で、他の女たち……特に若く美しい女たちに対しては、主人公は限りなく残虐である。

とりわけ攻略キャラそれぞれのルートでライバルとなっていた女性キャラに対しての仕打ちには、目を覆うものがあった。

令嬢たちはデフォルトで財産と家の爵位を取り上げられて慰みものにされるばかりか、処刑される者も多い。その処刑方法も多岐に亘《わた》るというのだから、制作陣は一体何を考えていたのかと問いただしたくなる。

ちなみに、前世のルイーゼは裏シナリオまでたどり着くことはできなかった。

主立った攻略キャラを一通りクリアして隠しキャラの攻略方法を確認しようとした時点で、うっかり裏シナリオのネタバレを読んでしまい、続ける気力を失ったのである。

さらに、そのあまりに強烈な内容が恐ろしくて眠れなくなってしまい、翌朝、寝不足のままふらふらとアルバイトに向かっているところを信号無視の車にはねられたのだ。ある意味、前世から既にこの世界の被害者であったと言えなくもないだろう。

「いや、だからってどうしてよりによって転生先がルイーゼ・ローレンなの……！」

思わず椅子から立ち上がると、耐えきれずにベッドに倒れこんでしまう。

ルイーゼ・ローレンは、このゲームの主人公であるバルバラ・ローレン（デフォルト名）が引き取られた先で出会う、母親違いの姉である。

メイン攻略対象である王太子・アランの婚約者でもあり、一般階級出身のバルバラを蔑み陥れ社交界で笑いものにするという、ものすごく明確な悪役令嬢であった――。

「そもそも思い出すの遅すぎるし‼　シナリオが始まって、もう二年以上たっているじゃない‼」

ルイーゼが前世のことを思い出したあの夜会で、バルバラはすでにアランと初夜を迎えていた。それはおそらくアランルートの最終局面におけるイベントだったはずだ。

アランだけではない。

王太子アラン、近衛騎士団長。学者をしている家庭教師に宰相の息子、奴隷上がりの戦士、そして伯爵家の執事。

王都に暮らす六人の攻略対象たちは、既にことごとくバルバラの虜《とりこ》となり、その手に堕《お》ちてしまっている。

もはや、ここからアランの気持ちをルイーゼが取り戻すことは不可能だろう。他の攻略対象たちも同様だ。それぞれのルートのライバル令嬢に協力してバルバラの邪魔をしたとしても、今からではとても間に合わない。

ちなみに裏シナリオにおけるルイーゼは、男たちに蹂躙されたあげく無残に殺され、死体は野ざらしにされる運命だったはずである。

(凌辱《りょうじょく》エンドとか、絶対に無理)

前世でも、恋人もいないまま早くに死んでしまったのだ。今世こそ、ささやかでいいから幸せになりたい。まちがっても凌辱惨殺エンドなんかありえない。

どうにかして恐ろしい裏シナリオの始まりを回避できないかと必死に考えたルイーゼがたどりついた、唯一の方法は――。


「やっぱり、七人目の攻略対象をバルバラより早く落とすしかないんだわ」


七人目の攻略対象――クライド・フォン・ランドルフ侯爵。

彼こそが、攻略対象の最後の一人。「蝶わす」の隠しキャラなのである。

隠しキャラでありながら、ゲームのバナーにはメイン攻略対象のアランと並んで一番大きく描かれていた。

明るく朗らかなアランと対照的に少々口が悪いところがあるが、Sみのあるビジュアルと徹頭徹尾クールな言動が大人気なキャラクターである。

王家に匹敵するほどの力を持つ、北部一帯を統括する若き侯爵。文武両道にして眉目秀麗、「氷の侯爵」の異名を有する上に、王位継承権第二位というフルスペックぶりだ。

しかし、基本の六人全員の好感度をマックスにして全てのスチルを開けるまで、クライドの攻略ルートは開かれない。

実際、クライドは遠い北の領地で暮らしていて、ここ数年王都に足を踏み入れてはいないはずだ。

一方のバルバラも、この二年、一歩も王都からは出ていない。

すなわち、現時点でクライドとバルバラには接点がないのである。

要するに、親密度はゼロ。


（バルバラよりも先に、私がクライド・フォン・ランドルフを誘惑してしまえば）


クライドが悪役令嬢・ルイーゼに夢中になるなんて、シナリオを超越した展開である。

だからこそそんなことになれば、彼がバルバラに籠絡《ろうらく》されることはなくなり、逆ハーレムエンドは達成されず、トゥルーエンド完成を止められるのではないか。

あのおぞましい裏シナリオのはじまりを、阻止することができるかもしれない。

そう思い至ったルイーゼは、たった一人でこのはるか遠い北部までやってきたのである。


（絶対に、バルバラに捕まるわけにはいかない。もう二度と）

バルバラに備わる恐ろしい力。主人公特有のチートともいうべき忌まわしい能力。

（あの紅い瞳で見つめられると、私は）

元々ルイーゼ・ローレンは、派手な見た目にそぐわずひっそりと土いじりを好むような令嬢だったのだ。しかし、あのお茶会の日をきっかけに変わってしまった。

バルバラに命じられるままに、公の場で暴言を吐いては散財を繰り返し、バルバラに対してあからさまな嫌がらせをするような悪役令嬢になってしまったのである。

意識はあるのに頭の中から恐ろしい声が響いてきて、身体が勝手に動いてしまう。内側から何かにむしばまれ、奪われていくような恐ろしい感覚。

ルイーゼは、両腕で身体を抱きしめるようにしてベッドに腰を下ろした。


前世のことを思い出した今、ルイーゼには確信していることがある。

バルバラ・ローレンも、転生者だ。


他人を操ることができるチート能力と前世で得た知識を駆使して、バルバラは明らかに計画的に、トゥルーエンドの完成を目指しているのだ。

（私が今持っているカードは、密《ひそ》かに前世の記憶を取り戻したことと、バルバラよりも先にクライド様の元に辿り着けたということだけ）

壁にかかった、小さな鏡の前に立つ。

疲れた顔をしてはいるが、ルイーゼ・ローレンは何度見てもうんざりするほどに整った容姿の持ち主だ。肌は透き通るように白く、金色の髪はたっぷりとつややかで、まるで前世で大人気だったお人形のよう。

悪役令嬢の肩書に相応《ふさわ》しく気が強そうに上がった目元とツンと尖《とが》った鼻をしているが、一つ一つの造作がほれぼれするほどに整って、理想的な位置に配置されている。

さらに、ルイーゼの身体はいくら食べても余計な肉がつくことはなく、しかし胸だけはむっちりと大きい。その上脱げば惚《ほ》れ惚《ぼ》れするほどに綺麗な形をしているのだ。

記憶が戻ってからは、何度見ても違和感しかない。身分不相応に美しすぎる衣装を勝手に着てしまっているような、居心地の悪さを覚えてしまうのだ。

「だけど、前世の私だったら、ものすごく羨ましがるはず。こんなすごいものを与えられてしまったんだもの、使わない手はないわ……き、きっと‼」

前世では、男性と付き合うような暇もなく人生が終わってしまった。

今世では十歳で婚約者ができたものの、アランとは手を繋《つな》ぐ程度の触れ合いしかしていない。いや、実は十代の半ば頃から、何度か身体に手を伸ばしてこられることはあった。

しかしその時の彼の様子が怖くて、結婚までは清い身体でいたいのですとかなんとか言い訳を繰り返し、キスすらしないままだった。そうしているうちにバルバラが現れて、アランはルイーゼに見向きもしなくなったのだ。

(もしも……ああいうことを許していたら)

あの舞踏会の夜、激しく求めあっていたバルバラとアランを思い出す。もっと早くアランに色々なことを許していたら、こんなことにはならなかったのだろうか。

それともそんなことをしたところで、ゲームの強制力には結局かなわなかったのだろうか。

今となっては、そんなことを知るすべもない。

「だけど、クライド様にはまだ試す余地がある……はず‼　なんなら無理やり押し倒してでも」

命がけで、誘惑するしかない。

そうすれば、バルバラがここに辿り着いた時に何かが変わっているかもしれない。

もうそこに賭けるしか、生き残る道はないのだから。

＊

しかし、ルイーゼがクライドを誘惑する機会は、その後なかなか訪れなかった。

というか、姿を見ることもままならない。

滞在を許された北の塔をクライドが訪ねてくることなど皆無だし、どうにか様子を窺いに行っても常に忙しそうなクライドはこちらに視線を向けてくれることもなく、うろうろしているうちにルイーゼは側近から追い払われてしまう。

「誘惑するどころか、忘れられてしまったのかもしれない……」

思わずつぶやいたのは、ランドルフ城に来てから三日後のことだった。

昼食の皿を下げにきてくれたメイドが怪訝そうな顔をしたので、慌てて笑顔になる。

姿を見せることはないが、もちろんクライドはルイーゼのことを忘れてはいないはずだ。

それどころか、相変わらず申し訳がないほどちゃんとした客として扱ってくれている。食事を用意してくれる上に、身の回りの世話をするメイドまで手配してくれたのだ。

前世の記憶を取り戻したルイーゼは自分のことはすべて自分で出来るので、ロッテと名乗るこのメイドの手を極力煩わさないように努力しているのだが。

「ロッテ、今日は私が厨房《ちゅうぼう》にお皿を運んでもいいかしら。なんなら、お皿洗いの仕事をしても……」

「申し訳ありませんが、そのようなことをお願いしては、私が怒られてしまいます」

ルイーゼより少し年下だろうロッテは、そばかすの浮いた顔に戸惑いを浮かべる。若いが真面目で働き者のメイドである。

ロッテの言う通りなのだが、すべてをお願いしている状況がやはり心苦しいし、色仕掛けが失敗した時にはどさくさ紛れに下働きとして必要とされる存在になれやしないかと、強気なんだか弱気なんだかわからない計算も働いていたのであるが。

ロッテがお皿を運んでいってしまったので、近くを散策することにした。

もしかしたら、先ほど馬に乗って出かけていったクライドが、そろそろ戻ってくるかもしれない。

廊下の窓の下に広がる中庭に、揃《そろ》いの黒い隊服を着た男たちが一分の乱れもなく整列をしているのが見えた。

（ランドルフ騎士隊……）

ここに来て驚いたことの一つが、ランドルフ侯爵家が擁する騎士隊の規模の大きさである。王位継承権を持つほどの貴族家といえ、王家以外でこれほどの私設騎士隊を保有する家をルイーゼは他に知らなかった。

北部の人間は体格が良く、個々の能力が高い。さらにその堂々とした立ち居振る舞いを見るにつけ、総合力は王家を守る近衛騎士団を凌駕《りょうが》するかもしれないとまで思えてくる。

（クライド・フォン・ランドルフ閣下。一体どういう方なんだろう……）

肩に掛けたショールをぐっと掻《か》き合《あ》わせた時。

「一体あの人は、いつまでここに居座る気なのかしらね」

尖った声が、曲がり角の奥から聞こえてきた。

「贅沢を尽くして伯爵家を傾けた上、派手なドレスで毎晩夜会に繰り出しては男漁《あさ》りを繰り返してたって噂でしょう。使用人に対する態度も居丈高だったというし、いつ本性を出すのかと不安で不安で」

「クライド様は、なんだってあんな恐ろしい女を客扱いするのかしら。毎日こそこそと様子を見に行って、きっと次はクライド様をたぶらかそうと狙っているのよ」

「まあ、勝手に押しかけてきたくせに厚かましいことだよ」

明らかに、自分についての陰口である。

ルイーゼは壁に背を付け、廊下の先を窺った。数人のメイドが声を殺して立ち話をしている。

ショックだったのは、彼女たちも自分の噂話《うわさばなし》を知っているということに対してだ。ルイーゼの悪名は、もはや王国中にとどろいているのかもしれない。

陰口を言われていることに対しては、大してショックはない。むしろ一緒になって、「だよねだよね、さすがにちょっと図々しいと思ってた！」とおしゃべりに参加したいくらい同意である。

「王都でも、王太子にさんざん身体で迫って無理やり婚約者の座についたんでしょう？」

「いや、恋愛対象は十五歳以下の少年だけって豪語してたらしいわよ」

さすがにあまりにも一人歩きした噂には、少し脱力してしまいそうになるが。

「でも、本当にそういう方なのか、私は少し疑問に思います」

聞き覚えのある声で、思いがけない反論があった。

「ルイーゼ様は、お皿を自分で下げるといつもおっしゃるんです。何なら皿洗いもしたいとまで」

「だからロッテ、そんなわけないでしょう。そんな伯爵令嬢、聞いたことがないわよ」

「そうそう、あんたは純朴だから騙しやすいと思われてるのよ。もしくは揶揄《からか》われているか。信じたら今に痛い目見るわよ」

だけど、とロッテがそれでもさらに擁護してくれようとした時だ。

「きゃあっ‼」

廊下の先から悲鳴が聞こえた。

「どうしたの？」

「渡来品の木箱から見たことのない毒虫が……！」

「メグが刺されてしまったわ！」

飛び出してきたメイドが叫ぶ。ルイーゼも、思わず廊下のメイドたちに続いて奥へと走った。

突き当りの部屋は、倉庫のようになっていた。

積み上げられた木箱の間に若いメイドが一人、腕を押さえてしゃがみこんでいる。

「毒虫って何？」

「分からないわ、大きくて長くて黒くて足がいっぱいあって……あんなの見たことがない」

震えあがるメイドたちをかき分けてルイーゼは部屋に飛び込むと、しゃがみこんだメイドに肩を貸して立ち上がった。

「いったん部屋から出て。全員早く！」

ルイーゼの剣幕《けんまく》に驚いたように、メイドたちは慌てて部屋を出る。

メグと呼ばれたメイドを廊下に座らせて、服の袖をめくりあげた。

腕の途中に赤い痕。周囲が充血して腫れて、みるみるうちに膨らんでいく。

「お湯を持ってきてちょうだい。お茶を淹《い》れるためのお湯を薄めて、お風呂くらいにして」

「えっ……でも……」

「早く！」

戸惑うように、メイドたちが顔を見合わせている。

「はい、分かりましたルイーゼ様！」

最初に駆けだしたのはロッテだ。その声に我に返ったように、他のメイドたちも後に続く。

「痛い……」

「大丈夫よ、落ち着いて深呼吸をして。大丈夫だから」

安心させるように繰り返しながら、メグの様子を窺う。怯えているが意識は混濁していない。ショック状態にもなっていない。大丈夫よ、ともう一度繰り返す。

ロッテが大きなポットを手に駆け戻ってくる。続いて水をたっぷり入れたタライを二人がかりで抱えたメイドも。彼女たちはさすがの連携プレイで、あっという間にタライをちょうどいい温度の湯で満たした。

ルイーゼは柄杓《ひしゃく》を受け取ると、すくい上げた湯をメグの腕にかける。

それを、何度も何度も繰り返した。メグもルイーゼもびしょびしょになってしまったが、それでもさらに繰り返す。

「ロッテ、私の部屋のベッドサイドテーブルにある黒い箱を持ってきて」

「分かりました！」

ロッテの動きは俊敏だ。無駄なことを聞かずに踵《きびす》を返すと、しばらくしてその通りのものを抱えて戻ってきてくれた。ルイーゼは、その中から包帯用の布を取り出す。しかし長さが足りないことに気付き、眉を寄せた。屋敷を出る時に、慌てていて確認を怠ったのか。

ルイーゼは肩にかけていたショールを、力任せに引き裂いた。

目を丸くしたメイドたちが見守る前で、ショールはぴりりと小気味よい音を立てて細い布になっていく。

箱から出した薬草の葉を指先で潰して湯で溶くと、ガーゼの表面に塗り込む。それにショールの布地を重ねて、メグの上腕に巻き付けていく。

落ち着いてきたのか、メグの顔にも血の気が戻ってきた。

「きっともう大丈夫よ。でも、お城のお医者様に早く診ていただいてね」

息をつめて取り囲んでいたメイドたちが、ほうっと安堵《あんど》の息を漏らす。騒ぎを聞きつけたのか、彼女たちの背後には数名の騎士たちまでもが集まってきていた。

メグは、涙を浮かべてルイーゼを見上げる。

「あの、ありがとうございます、私……」

「そこどいて‼」

正面に立っていたメイドが飛び上がった、その後ろの床の上めがけて、ルイーゼはとっさに脱いだ自分の靴を振り下ろす。

パチン‼

破裂音が響き、廊下はしんと静まり返った。

そっと靴をどかせてみると、床の上で黒い虫がぺちゃんこになっている。足がいっぱいという言葉に前世のムカデのようなものを想像していたが、やはり似ている。かなり大きいが。

「よかった。どこかに入り込んでしまうと心配だものね。きっと異国から紛れ込んできたんだわ。責任者に共有して、今後は気を付けてもらってちょうだい。多分これ、この国にはいない虫よ。南部でも見たことがないし……」

潰れた虫をまじまじと観察してから顔を上げると、メイドたちも騎士たちも、皆ぽかんと口を開けたままルイーゼを見つめていた。

ここに至ってようやくルイーゼは、自分が水浸しで髪を振り乱したまま、嬉々《きき》として虫を潰した状態にあることを自覚する。

（どうしよう……）

確かに、南部で薬草を育てていたルイーゼは普通の令嬢よりは虫に耐性があった。さらに前世のおんぼろアパート暮らしの記憶を思い出したことで、反射的に体が動いてしまったのだけれど。

（日本で一人暮らしをしていた女子なら、大きくて茶色い虫の一匹や二匹自分で立ち向かうことができると思うんだけれど……）

この世界では、まるで悪女……いや、魔女のような所業に見えるのかもしれない。

彷徨《さまよ》わせた視線の先、人だかりから一歩引いてこちらを見下ろす、ひときわ端正な姿が見えた。

――クライド・フォン・ランドルフが、怪訝そうに眉を寄せてルイーゼの姿を見つめている。

「え、えっと、あの……後は、お医者様に見てもらってね。本当に、私がしたのは応急処置にすぎないので……」

真っ白になった頭であいまいな笑みを浮かべながら、ルイーゼは逃げるようにその場を後にしたのである。

＊

クライドから呼び出しがかかったのは、その日の夜も更けた頃だ。ルイーゼがいつものように部屋で一人、夕食を取った後である。

真っ先に思いついたのは、虫を潰したことを理由に魔女として断罪されることだったが、冷静に考えればそれよりも恐ろしいことはまだ他にもある。

（もしかして、私がここにいることにバルバラが気付いて探しに来てしまったとか？　もう少し時間稼ぎができると思っていたのだけれど……）

ローレン家は、王国の東と南端に領地を持つ。

東の大きな屋敷は既にバルバラの支配下にあるが、南の国境付近にある小さな屋敷の管理をしている使用人には、亡き母の親族が残っているのだ。

可能な限り、自分が南の領地に滞在しているというふりをしておいてほしい。王都を出る時に彼らにそう手紙を出しておいたのだが、もう見破られてしまったのだろうか。

びくびくしながら本棟に向かったルイーゼは、あの執務室に通された。

応接スペースにまで書類が積み重ねられているが、ランプの灯りに照らされたクライドは疲れた様子も感じさせず、相変わらずの美形ぶりだ。

「昼間のメイドだが、無事に診察も済んで静養している」

正面のソファに座るや否や、クライドは切り出した。

「応急処置が適切なものだったと、医者が褒めていた」

「ああ、よかったです。大したことはしていないですが」

ホッとして思わず笑顔になった。

「患部に湯をかけたそうだな」

「足が多い虫と聞いたので、私の知識では熱に弱かったかと……廊下を濡《ぬ》らしてしまい、申し訳ありません」

廊下の惨状を思い出して、気まずくなる。

「そんなことは気にしなくていい。使用人たちが感謝していた。俺からも礼を言う」

「いえいえ、そんな」

最悪の話題ではなかったと分かり、こちらが礼を言いたい気持ちだ。

メイドが温かいお茶を二人の間に置いて行く。口付けると緊張がほぐれていき、思わずしみじみとした笑みが浮かんだ。

「死骸を確認したんだが、確かにこの地方にはない種類の虫だったな」

「はい。南部でも見たことがありません。貿易品に生き物が混入するのはとても危険なことですので、今後はさらに管理を徹底するべきかと」

クライドは驚いたような顔をした。何かおかしいことを言っただろうか。

「ああ、その通りだな。そういえば、ずいぶんと応急処置の手際が良かったそうだが、そういったことには慣れているのか？」

「母の実家が薬師の家系でした。田舎では診療所のようなこともしていましたので、幼い頃からよく手伝いをしていて」

「なるほど、患部に塗った薬のことを医者が知りたがっていたが」

「ああ、あれは南部で採れる多年草から作ったものですね。葉を陰干しすると効果が倍増するんです」

「へえ、君が作るのか？」

「はい。切り傷にも火傷《やけど》にも効くので重宝しているんですが、役に立ってよかったです。南部では、一家に一瓶常備しているくらいなんですよ」

昔からの使用人がバルバラに解雇されてから、薬草について興味を持ってくれるような人は周りにいなくなってしまった。

ついつい詳しく話してしまったが、クライドがじっとこちらを見ていることに気付き、ルイーゼは口を閉ざす。

（薬草オタクって、もしかして悪女っぽくなかったかしら。でもおとぎ話では、毒林檎《りんご》とか作ってたし……いや、あれは魔女……？）

「まあ、ちょうど偶然薬がありましたからね。試しに実験したいと思っていたので、ちょうどいいんですよ」

そう言って、悪女っぽくにやにやと笑ってみせる。

やはり悪女というより魔女っぽかったかもしれないが、クライドが不快そうな顔をしたのでよしとした。

（って、それどころじゃないわ。もしや今って誘惑のチャンスなのでは？）

ここしばらく会話すらできなかったクライドと、夜更けに二人きりなのである。

「ショールを破ったそうだが」

「え？　ああ、ちょうどいい長さの包帯がなくて。でも汚れていなかったので衛生面はご心配なく」

頭の中を猛スピードで回転させながら、上の空で答える。

男性を誘惑する。

社交界で手当たり次第に男たちへと色目を使ってきたルイーゼ・ローレンにとっては、容易《たやす》いことのように思える。ルイーゼが視線を向けて思わせぶりに微笑むだけで、大抵の男はのぼせ上ってしまったのだから。

しかし、それらは全てバルバラに操られて半分夢の中にいるような状態でやったことだ。記憶すら曖昧で、いざ再現しろと言われてもなかなか難しい。

だけど何故《なぜ》か、バルバラが攻略対象たちを虜にしていった様子は、つぶさに覚えている。

とりあえず咳払《せきばら》いをして、背筋を伸ばす。胸元を突きだすように、ゆっくりと。

「……」

クライドは特に何の反応も示さず、涼しい顔でカップを口元に運んでいる。

「それで、他の薬も作ったりするのか？」

「えっと、はい、まあ、そこそこに……」

クライドは随分薬に興味があるようだ。ルイーゼは適当に答えながら、髪を一つにまとめていた櫛《くし》を抜いた。艶《つや》やかな金髪が、たっぷりと肩に零《こぼ》れ落《お》ちる。

「頭でもかゆいのか？」

クライドは表情を変えることもなく、とんでもないことを言った。

「えっ。いいえ、ちょっと……寒くて」

「暖炉の火を強めようか」

「大丈夫ですわ、これくらいで」

（バルバラと同じようにやってみるのよ）

アランと一緒にいた時？　いや違う、近いのは宰相令息といた時かもしれない。どちらにしても、バルバラが彼らを誘惑していた時のように。

悪役令嬢ルイーゼ・ローレンなら、きっとできる。

「でも、やっぱり少し寒いかもしれませんわね……」

緊張しつつ立ち上がると、こちらを見上げるクライドの元へとテーブルを迂回《うかい》して近付いていく。

「クライド様の近くなら、温かくなれそう」

隣に腰を掛け、思い切ってぐっと身体を寄せた。

ルイーゼにとってはもうこれ以上ない程に大胆な行動だったのだが、クライドの表情は少しも変わることがない。

「俺はさっきまで外にいたから、むしろ体が冷えていると思うがな」

「そんなことないわ、むしろ暑いくらいだもの」

思い切って、ブラウスのボタンを上から一つ、ぷつんと外してみせる。

クライドの視線が、ちらりとそこに向いたのを感じた。

（行ける、行けるわ……！　さあ、襲い掛かってきて、クライド・フォン・ランドルフ‼）

しかし、クライドは動かない。

ソファの肘置きに腕をつき、ルイーゼを無表情に観察してくるだけだ。

（もう、何なのよ……これでもまだ、足りないっていうの？）

やはり、クライド・フォン・ランドルフともなるととんでもない女たらしなんだろうか。

女性経験が豊富すぎて、ちょっとやそっとの誘いでは何とも思わなくなっているのかもしれない。

（ああ、やっぱりクライドルートを攻略していないのはあまりに痛いわ。せめてもう少し攻略サイトを読み込んでさえいれば……）

しかしとにかくまずは、もう少しやる気になっていただかないことには……。

「クライド様……」

ルイーゼは、クライドの青いタイをぐっと引き寄せた。

「ひゃ」

思っていたより顔が近付いてしまったので、慌てて手を放す。しかしクライドはほんの五センチくらいの距離から、ルイーゼのことをじっと見つめてくる。

「クライド様、ちょっと……さ、寒いですわね？」

「くっ……」

クライドが不意に噴き出した。

「ど、どうか……されましたか？」

「いや、君の話題はさっきから暑いとか寒いとかそんなのばかりだ。老人みたいだな」

「ねえ、さっきから、かゆいとか老人とか、そんなことばっかりなんなんですか！」

思わず盛大に叫んでしまった。

「いや、虫を踏み潰していたから、皮膚がかぶれたりしてかゆいのかなと」

「踏み潰したんじゃありません、靴を脱いで潰したんです！」

耐えられないというようにクライドは笑い出した。

（もう！　ぜんぜんそれっぽい空気にならない！）

苛立《いらだ》ちに任せてもう一度、タイをさらに力任せに引っ張った。

距離が近付くと、クライドの身体がルイーゼの身体などすぽりと覆ってしまいそうなほどに逞《たくま》しいことが分かる。こちらを見つめる切れ長の瞳はうっすらと涙袋が縁どっていて、それが甘さをかもし出している。

黒いシャツの胸元からわずかにのぞく鎖骨も、片方の端が意地悪く持ち上がった薄い唇も、耳に光る鋭角なピアスも。全てが色香を漂わせていて、息が詰まってしまいそうだ。

手が震えないように必死でこらえて、ルイーゼは精いっぱい妖艶に微笑んでみせる。

「そういうことばかりおっしゃるのは照れ隠しですか、クライド様。意外と可愛らしいところがあるんですのね」

今のはかなり上手《うま》くいった。その証拠にクライドは一瞬真顔になってじっとこちらを見つめている。

「私の身体が見たいなら、素直にそうおっしゃればいいのに」

ルイーゼは、そのまま自分のボタンを外していく。

指が震えて少し手間取ったが、白くて深い谷間が、胸当てに収められているのが露《あら》わになってくる。

男性の視線というものがどこに向けられているのか。それをこんなにも肌で感じられるのだと、初めて思い知っていく。

「すごいな。触っていいのか？」

「えっ⁉　あ、も、もちろん……で、すわ」

しれっと言われて、ルイーゼは慌ててこくんと頷《うなず》く。

「い、いくらでも、触っていいんですわよ、クライド様」

クライドは片手でルイーゼの腰を引き寄せて、もう片方の掌を胸当ての上に重ねた。

(男の人の手って、こんなに……大きいんだ)

肩が跳ねてしまいそうになるのを、ルイーゼはスカートを握りしめてこらえる。

バルバラは決して、こんなふうにいちいちびくびくとはしないはずだ。

クライドの手が、胸当てごと胸を持ち上げる。大きくたっぷりと、その重量感をルイーゼ自身にも思い知らせるようにゆっくりと。そして胸当ての生地の上から、不意に胸の先端を、くりりとつまみ上げたのだ。

「……ぁんっ……」

驚くほど甘い声が、破裂したようにこぼれてしまう。

クライドが目を丸くして自分を見ているが、おそらくルイーゼの目も負けないほどに大きく丸くなっているだろう。

「えっと……」

頬が熱くなる。ちょっと今の声は悪女っぽくなかった気がする。

「ずいぶん敏感なんだな」

しかしクライドは、もう一度同じところを指先でくすぐる。さらに反対の胸にも手を当てて、両方の胸の先をゆっくりと辿った。

こらえようとしても、そのたびにいちいちルイーゼの白く細い肩は跳ねあがってしまう。

「んっ……あ、ちょっとお待ちくださ……」

いけない。これでは、主導権を握れない。どうにか体勢を立て直さないと。

「なんでだ。触っていいと言っただろう」

クライドが、耳元で低く囁いてきた。

熱い息がかかって身体が震え、硬直してしまう。そうしている間に、クライドの指先は迷いなく胸当ての下にまで入り込んできた。

「だ、だめです、クライド様……落ち着いて……」

違う。これじゃだめだ。こんなに性急に進んでいくなんて、ルイーゼはちっとも思っていなかった。

(こんな、こんな……おぼれてしまうような、飲み込まれてしまうような)

クライドの指先が、胸当ての下の胸の先端、ぷくりと勃ちあがったそこを直接弾《はじ》いたその瞬間、ルイーゼは思わずその手を掴んでしまった。

「なんだ?」

冷たい声。

呼吸を整え顔を上げたルイーゼを、クライドがじっと見つめている。

「……申し訳ありません……あの……クライド様がとってもお上手だから、ちょっと驚いてしまっただけで、落ち着けばすぐに再開できますので……」

必死で取り繕ったが、わずかな沈黙の後、クライドは体をルイーゼから離してしまった。

「お上手、ね」

「クライド様……？」

「そんな真っ赤な顔でよく言えたものだ。そうすれば俺が落ちるとでも思ったか？」

「え……」

クライドは、皮肉な笑みを口元に浮かべて言い放った。

「なるほどな、さすがは悪女、ルイーゼ・ローレンだ。そうやって無垢《むく》なふりをして、王太子や他の男たちを籠絡してきたというわけか」

心が凍り付いていく。

「私は……そんなこと、していません」

クライドはルイーゼの目を見つめ、小さく息を吐き出した。椅子から立ち上がり執務机から何かを掴んでくると、テーブルの上にバサリと置く。

手紙の束だ。差出人は……バルバラ・ローレン。

「俺の祖母は、祖父を亡くしてから気力を失ってな。しばらく寂しそうにしていたんだが、一年少し前、王都から手紙が届き始めた」

――大奥様のお薬を。

最初の時、男たちに絡まれていた少年が確かにそのようなことを言っていた。

「君の妹バルバラ嬢は、どこで知ったのか祖母のことを気遣い、王都の菓子や茶を送り届けてくれた。今では祖母も彼女からの手紙を楽しみにしているし、俺も、感謝を覚えている」

心臓が、どくんどくんと音を立てている。

クライドは隠しキャラだから、バルバラとはまだ接点がない。だからまだ割り込めるのだと、勝手に思い込んでいた。

しかし、そんなものはあくまでゲームの設定に過ぎない。そしてここは、血が通った人間が生きる世界なのである。

バルバラは、王都にいながらにして既に布石を打っていたのだ。

遠く離れた北部へ手紙や贈り物をすることで、クライドとの親密度を……いや、彼との絆《きずな》をはぐくんでいたのだ。

なんという用意周到さだろう。

とうの昔に、バルバラはこの北部に……クライドの中に、存在感を刻んでいたのだ。

(……そんなのって)

「俺宛てに添えられた手紙には、いつも近況が書かれていた。姉のルイーゼに、理不尽な嫌がらせを受けていると。姉は男を侍《はべ》らせて湯水のように金を使い、伯爵家の身代を傾けていると。君は一体、ここに何をしに……」

視線を上げたクライドが、ルイーゼを見て眉を寄せる。

ぽろり、と熱いものが頬を伝っていくのを感じて、ルイーゼは自分が泣いているのだと理解した。

「も、申し訳ありません。私は……」

慌てて頬を拭ったが、後から後からあふれてくる涙に追いつかない。それを見られたくなくて、ルイーゼは椅子から立ち上がる。

（そんなのって、私に勝ち目なんてあるわけがない）

「おい、待て」

クライドに腕を掴まれる。青緑の瞳と視線が合って、しかしルイーゼは必死でクライドの腕を振《ふ》り解《ほど》いた。

「も、申し訳ありません、失礼いたします……‼」

執務室を飛び出した。

胸元をかき合わせながら、冷たい廊下を必死で走る。

敵《かな》うはずがない。

もうずっと前から周到に準備を進めてきたバルバラと、つい最近記憶を取り戻した自分。

やっとここまでたどり着いたと思った。

だけど最後の砦のクライドの心も、とうの昔にバルバラに奪われてしまっていたのだ。

ルイーゼは、ひたすらに走った。

どこまで走っても、バルバラの笑い声と紅い瞳が追いかけてくるような気がしていた。

第三章　悪女と、変わっていく日々

「クライド様、何を読んでいるのですか」

机に頬杖《づえ》を突いたまま手紙を眺めていると、家令のイアンが話しかけてきた。

「バルバラ・ローレン様から今まで届いた手紙ですか。そういえば今月分はまだ届きませんね」

「おばあ様の具合はどうだ」

「小康状態ですが、原因不明の症状は相変わらず収まる様子がありません。ザシャはとても心配して、毎日のようにお邪魔をしてしまっているようですが」

「おばあ様も喜んでいるだろう、許してやれ」

クライドはため息をつくと、椅子の背もたれに寄りかかった。

「しかし、よろしいのですか。クライド様」

「何がだ」

「ルイーゼ様がこの城に滞在していることを、バルバラ様に知らせなくても」

クライドは返事をせず、手にしていた手紙をぽいと執務机に放《ほう》る。

バルバラ・ローレンからクライドの祖母のマクダ宛に手紙と荷物が届いたのは、去年の夏の終わりであった。

面識もない令嬢からの唐突な手紙をクライドはいぶかしんだが、かつてクライドの母と共に王都で暮らしていた祖母には、何か感じるものがあったらしい。王都の菓子や茶を懐かしみ、若い人からの贈り物なんて嬉しいわとはしゃいでいた。

祖父の死後ふさぎがちだった祖母を心配していたクライドは、やや真意を測りかねながらも、バルバラへ礼状を送ったのだ。

すると、返事と共にまた祖母への贈り物が届けられてきた。以来それは、一、二か月に一度のペースで一年以上続いている。

一方、気力を取り戻しかけていた祖母だが、今度は徐々に体調を崩すようになり、今ではすっかり寝たきりのようになってしまった。

それでもバルバラからの贈り物を、楽しみにしている様子ではある。

感謝する気持ちの一方でクライドが警戒心を抱いてしまう理由は、彼女からの手紙の内容にあった。

そこには、自分がどれほど伯爵家でつらい目に遭《あ》っているかということが、毎回切々とつづられているのである。

姉のルイーゼは、常にバルバラを虐めてくるということだ。自分ばかりが美しいドレスを着て、バルバラにはボロを渡す。他の令嬢たちと共に一般階級出身のバルバラの所作を笑いものにする。自分は王太子以外の男とさんざん浮名を流しながら、バルバラがほんの少し王太子と会話をしただけで、激しい折檻《せっかん》をしてくる……。

そういったことが、「クライド様にしかお話しできないのですが」という但し書きと共に毎回びっしりと記されていた。

もしかしたら、こういうことをこっそり明かされると、同情する男もいるのかもしれない。俺が守ってやるとばかりに、義憤にかられたりするのかもしれない。

しかし、クライドは違った。

可哀想な自分を強調して同情をひこうとする手紙には辟易《へきえき》とするし、あまりにも芝居がかった筆致には、疑わしさすら覚えていた。

何事においても、クライドは片方だけの話を聞いて判断しない。

物事には、必ず複数の側面があるのだ。双方の訴えを聞いてからでないと正しい審議は下せないということは、荒くれ者の多いこの北部を治めるうちに自然に学んだことである。

しかし、少なからずルイーゼ・ローレンという女に対して先入観を抱いてしまっていたことを自覚したのは、先日唐突に彼女がクライドの前に現れた時だった。

ぼろぼろの服をまといながら、少年を庇って小悪党に立ち向かっていた女がルイーゼ・ローレンだと知った時、クライドはにわかには信じられなかったほどだ。

彼女は確かに、結構な美人であった。

気が強そうな顔立ちだが、きりっとした目には力があり、肌は艶やかに光り、男の目を引き付けるような蠱惑的な身体つきをしている。

そんな見た目とそぐわぬ突拍子もないハッタリを繰り出して、見知らぬ少年を守るために男たちに対抗する姿に興味を持ち、話を聞いてみることにしたのだが。

しかし城に招き入れるや否や「クライド様とお近付きになりたかった」などとつまらないことを言い出したので、心底がっかりした。

クライドは、年頃の貴族令嬢が自分をどのように見ているかをよく知っている。

北部の広大な領地と代々の財産、そして王位継承権第二位の権力。北部は野蛮だと王都では誹《そし》りながら、いざクライドを前にすると我を忘れたようにギラギラと侯爵夫人の座を狙ってくる女たち。

ルイーゼもそういった者の一人にすぎなかったか、と興味を失いかけた時、切羽詰まった様子で訴えられた言葉にクライドは不意を突かれた。

――これは私にとって、命がけの戦いなのです。

簡単に命を語る貴族には、嫌悪感しかない。この北部で自然と隣り合いギリギリの命を感じていると、温かい王城でぬくぬくと贅沢な暮らしをしながら、利害が絡んだ時だけ大げさに生きる死ぬと騒ぎ立てる者たちのことを、心底軽蔑したくもなるのだ。

しかしルイーゼの瞳には、後のない戦いに挑む戦士のような、思いつめた光が煌めいていた。

その様子に好奇心を煽られて、滞在を許したのだったが。

「ルイーゼ・ローレンは、本当に稀代の悪女なのか」

「私には分かり兼ねます。ただ、北の塔のメイドたちは彼女に恩を返したいと盛り上がっている様子でしたね」

書類を整理する手を休めずに返されて、クライドは一層よく分からなくなってしまった。

イアン・リースはクライドより十歳年上だ。代々ランドルフ家に仕える家柄で、幼い頃から影のようにクライドに付き従っている、優秀な家令である。

時に遠慮のない意見をしてくるところも重宝しているが、少し前にいつ結婚するのかと聞いてきたのが鬱陶《うっとう》しくて、二度と女関係の話題を振るなと釘《くぎ》を刺していた。

しかし今回ばかりは、主観でも憶測でもいいから何か意見を言ってほしいくらいだ。

城への滞在を許したものの、忙しさにかまけてルイーゼのことはしばらく放置していた。

そんな中、騎士隊の訓練を見に行ったクライドは、北の塔で騒ぎが起きていると報告を受けたのだ。

駆けつけた先で見たものは、メイドを抱きかかえてずぶ濡れになって治療にあたる、ルイーゼ・ローレンの姿であった。

（一体あの女はなんだと言うんだ）

話を聞こうと昨夜呼び出したのだが、何を勘違いしたのかルイーゼは前のめりになって自分を誘惑してきた。

その様子はあまりにもぎこちなく、そういうことに慣れていないのは明らかで、更にクライドを混乱させた。

いくらなんでもあれだけ悪女と謳われているルイーゼが、男性経験がないという訳はないだろう。そもそも、王太子の婚約者として十年以上を過ごしているのだ。貴族令嬢として婚前交渉は当たり前のことではないが、婚約をしていれば禁忌というほどではないし、あの王太子が爽やかに見えて実はかなりの好色であることを、従兄《いとこ》であるクライドは知っていた。

ルイーゼの誘惑は残念過ぎるほどにおぼつかなかったが、しかし意外と悪くなかった。

虫を潰して退治したことを指摘されると真っ赤になるのが面白くて、つい揶揄ってしまったが、それでも必死で誘惑しようとしてくるルイーゼ。

——いくらでも、触っていいんですわよ、クライド様。

たっぷりとした胸のボリュームを露わにして、威勢のいい言葉と裏腹に、震えながら刺激に耐えているルイーゼ。

惜しみなく変化していくその表情を、クライドは面白くも好ましくも思った。

柔らかな体をなぞっていると可愛い声まで上げられて、あやうく理性を飛ばしかけたほどである。

彼女から逃げ場を奪い、追い詰めて押し倒し、もっともっと困らせて、たくさん声を上げさせたい。

そんな欲望が急速にあふれ出してきた。

これらが全て計算の上ならば、ルイーゼ・ローレンは確かにとんでもない悪女である。

そう思うと同時に、自分でもよく分からない強烈な苛立ちがこみ上げて、クライドはバルバラの手紙のことをルイーゼに伝えてしまったのだ。

すると、ルイーゼは瞳に一杯の絶望を宿して……そして、無防備に泣きだした。

クライドに残されたのは、まるで小さな子供を虐《いじ》めてしまったかのような後味の悪さである。

忌々しさを乗せたまま荒く息を吐き出して、クライドは天井を見上げる。


クライド・フォン・ランドルフは、二十四歳にしてザレイン王国の北部一帯を統括する侯爵家の当主である。

しかし彼は本来、この国の王になるべくして生まれてきたのだ。

先代王の第一王子を父に、北部の有力貴族・ランドルフ侯爵家の一人娘を母にして、生を受けたのである。

しかしクライドが生まれてすぐ、父は先代王と共に外遊先の海難事故で夭折《ようせつ》した。

王位は父の弟が継いだ。現ザレイン国王である。

クライドは、王位継承権第二位を持ったまま、祖父であるランドルフ侯爵の元で育てられてきた。

祖父は厳しかった。

剣術に馬術、武術はもちろん、ありとあらゆる学問に古今東西の戦術、そして何より、人の上に立つための精神力。この北部を王国内のもう一つの国家と謳われるほどに繁栄させたその経験のすべてを、たった一人の孫である幼いクライドに叩《たた》き込《こ》んでいくようだった。

――クライドよ、強くあれ。

彼はいつも、そう言っていた。

――どんなに強い後ろ盾を持ったところで、そんなものはある日突然なくなってしまう。おまえの父もそうだった。儂《わし》も近い将来いなくなるだろう。最終的に信じられるのは己《おのれ》だけだ。信じ切れる、強い己を持つのだ。

その通りだ、とクライドは思った。

美しいが弱かった母は父の死を乗り越えることができず、幼いクライドを連れて王都から逃げ帰り、そのまま死んでしまった。

強くならねば。誰よりも強く、揺らがない存在にならなくては。

クライドは、幼い心にそう刻み込み、祖父からの厳しい指導に耐えてきた。

そんな祖父も三年前に病死し、その後を継いでクライドはランドルフ侯爵となったのだ。

排他的な北部貴族たちには結果を示して認めさせ、若造と軽んじる王都貴族どもは正面からねじ伏せた。農業漁業も発展させ、港は祖父の代より拡充させた。最近では、異国との特別な貿易も実現させつつある。

常に心の中心に据えてあるのは、祖父の言葉だ。

――強くあれ。信じられるのは己だけ。

誰にも付け入られぬ強さがあればこそ、周囲はクライドを信頼して従ってくる。冷徹だと恐れられても構わない。むしろその姿こそ「氷の侯爵」にふさわしい。

そんなクライドの前に、唐突に現れたのがルイーゼ・ローレンである。

そもそも、伯爵令嬢で王太子の婚約者ともあろうルイーゼが、なぜたった一人であんなボロをまとい、労働階級の女でもめったに使わないような船に乗ってここまでやってきたのか。

どうしてあれほどまでに、王都への連絡を拒むのか。

まるで、何かに怯え切ったように。


――これは私にとって、命がけの戦いなのです。

＊

「……イアン、彼女は何をしている」

「今朝早くから荷物をまとめているようです。北の隣国へ渡る道を、メイドに尋ねていると報告を受けましたが」

舌打ちをして、クライドは立ち上がった。

「北の山はこれからの季節、刻一刻と寒くなります。国境付近には、既に雪が積もっていると思いますが」

「それなら、海路はどうかしら」

「海が凍るということはありませんが……。でも、隣国に渡るには通行手形が必須です」

「お金なら、少しはあるけれど」

「賄賂という意味ですか？　そうなると私にはよく分かりません……。家令のイアン様が、手形を管理されていると思いますが」

　イアンというのは、最初の日にクライドと共に馬に乗って現れた側近のことらしい。ランドルフ家に代々仕える家令が、不正出国のための手形をルイーゼに出してくれるとは到底思えなかった。

「どのルートも、女性が一人で向かうにはあまりにも危険すぎます。ルイーゼ様、どうか考え直して下さい」

　ロッテが、泣きそうな顔で訴える。先日メグの応急処置をしてから、ロッテをはじめ、メイドたちはみんなとても優しく接してくれるようになった。ありがたいことだと思いつつも、ルイーゼは首を横に振る。

「ありがとう。でも、私はどうしても行かなくてはいけないの。ここにいたら、じきに居場所が王都に知られてしまうわ。そうなったらおしまいなの」

　昨夜、ルイーゼはクライドを誘惑しようとして、ものの見事に玉砕した。

それどころか、クライドとバルバラの間にはルイーゼが割って入れないような絆が既にできていることすら分かってしまったのだ。

今頃クライドはルイーゼの無礼な態度に呆れるか怒るかして、既にバルバラへ使いを出しているに違いない。一刻も早く逃げなくては。王都に連れ戻されてしまえば、凌辱エンドの始まりである。

「いざとなったら男装でもして、何がなんでも国を出るわ。国境を越えたシナリオはないもの」

「シナリオ……?」

「ううん、なんでもない。それよりもう一度、地図の見方を……」

その時、ばんと扉が開かれた。何事かと顔を向けると入り口にクライドが立っている。

「えっ……ク、クライド様⁉」

慌ててベッドから立ち上がるルイーゼに構わず、つかつかと部屋に入ってくる。ロッテは青ざめて廊下へと出て行き、クライドはベッドの上に広げられた荷物と書き込みがいっぱいの地図を一瞥《いちべつ》した。

相変わらず冷静な表情だが、わずかに息が上がっている。よほど急いで来たのだろうか。でも、どうして。

「クライド様、どうかしたのですか……?」

「ここを出ていくつもりなのか」

クライドは地図の書き込みを一瞬見ただけで、ルイーゼの計画を読み取ったようだ。

「国境を越えるつもりか。くだらないな。君一人で山に登ったりしたら、即座に遭難するぞ。いい迷惑だ」

　壁に背をつけて腕を組んだまま吐き捨てられ、ルイーゼは頬が熱くなる。

「迷惑ってことはないでしょう。山というものは、そこにあれば必ず登ってしまうものなのです」

「この時期は、冬眠しそこねた獣《けもの》たちが餌を巡って争っている。君などあっという間に食い散らかされるだろうな。無残な死体を片付ける側の迷惑も考えろ」

　威勢よく言い返したものの、恐ろしい指摘に背筋がぞくりと震える。

「……山は保険です。実は本命は船なんです。船での移動を考えていました！」

「船だって、令嬢一人が乗れるような治安のものではない。川を下るのとはわけが違う。君のようなのが荒くれものと雑魚寝して、そうそう無事でいられると思うな」

「男装しようと思っていました。そうすれば危険はないでしょう？」

「君が男装？　そんなの男でも構わないっていう奴らに襲われるだけで、むしろ状況は悪化だろうな」

　鼻で笑われて、ルイーゼは地団駄を踏みそうになる。

「ご自分が管理している船の治安が悪いだなんて、恥ずかしげもなくよく言えたものですね！」

「君みたいな女が一人で利用することを想定していないと言っているだけだ。自分本位に物事を見るな」

　なぜかいつもより輪をかけて冷たい気がするクライドを、ルイーゼは唇を噛《か》んで見上げた。

　二人はしばらくにらみ合うように見つめ合い、やがてクライドはふっと息を吐き出すと、片方の目を冷たくすがめる。

「そもそも、君は約束を違えるつもりか」

「え……？」

首をかしげるルイーゼをクライドは見下ろし、ふっと笑った。

「命を懸けて俺を誘惑するんじゃなかったのか。まだ、俺はほんの少しも君に籠絡されていない。乳をあの程度触らせただけで、君の誘惑ってのはおしまいか？」

廊下に控えたロッテの顔が赤くなるのが見えて、ルイーゼの頬は更に熱くなる。

「ま、まだまだ、あんなものなんかじゃありませんわ！」

クライドは笑った。今度は満足げな笑みだ。

「なら、もっとちゃんと誘惑してこい。発情期の雌馬《めうま》の方がまだ色っぽかったぞ」

「雌馬って……！」

（クールで優秀な若き侯爵？　とんでもないわ。意地悪で失礼なドＳ侯爵の間違いよ！）

思わず地図を投げつけそうになったルイーゼの手が、ぴたりと止まる。

クライドの言葉をやっと理解したのだ。つり上がっていた目を丸くしていく。

「クライド様……それは、もしかして……まだしばらく、ここにいていいということですか？」

慎重に問うと、クライドはふんと鼻を鳴らした。

「ちゃんと、本気の誘惑を見せてみろ、という話だ」

「それでは、王都には、まだ連絡をせず……？」

「君のことを報告するより優先すべき仕事は、たくさんある」

ルイーゼは思わずクライドに近付いて、その両手をぎゅっと握った。

「ありがとうございます、クライド様……！」

状況は何も変わらない。むしろ昨日から悪化していく一方だ。

クライドはバルバラを信頼していることが分かったし、ルイーゼはちっとも誘惑しきれていない。

だけど、まだもう少しだけここにいていいのであれば。

「クライド様を今度こそ上手に誘惑できるように、私、頑張りますので！」

両手で握った大きな手を口元に引き寄せてつぶやいて、そこでやっと、クライドが眉を寄せて自分を見ていることに気付く。

「あっ……申し訳ありません！」

慌てて手を放した。男の人の手をこんなにしっかり握り込むのも、よく考えれば経験がないことだ。大きな手は、昨日自分の胸の上にも当てられたものだ。余計なことまで思い至ってしまい、手どころか耳まで熱くなってしまう。

一人で赤くなるルイーゼに、クライドは呆れた顔になる。

「やはりそれは、計算してあざとさを出しているのか？」

「えっ。ちょっとお待ちください。今のはあざとい感じでしたか？　クライド様は、あざといというのはアリですか？」

あざといというのは、ある意味褒め言葉だとルイーゼは思っている。前世では、なんだかんだ大抵可愛い女の子に対して使われている言葉だったからだ。

クライドにあざとさが効くのなら有効利用したい。しかし、どこら辺があざとかったのかがルイーゼには分からない。

「よろしければ、もう少し具体的に教えていただけませんか？」

ベッドの上に転がったペンを慌てて掴んだら、インク壺《つぼ》が倒れてしまった。悲鳴を上げるルイーゼに、クライドはうんざりしたようなため息をつく。

「いや、いい。なんだか馬鹿らしくなった。君はただの阿呆《あほう》なんだろうな」

遠くからラッパの音が響いてきた。騎士隊の朝の訓練が終わった合図だ。

「クライド様」

部屋の入り口に家令のイアンが立っている。いつからいたのかとルイーゼは驚いたが、クライドはとっくに気付いていたようで、軽く頷いただけだった。

部屋を出て行こうとしたクライドが、思い出したように立ち止まる。

「ルイーゼ・ローレン。今夜の食事に招待しよう」

「え……」

「せいぜい頑張って、夕食の席でも俺を誘惑することだな」

不敵に笑って、この城の若き侯爵は、来た時同様さっさと部屋を出て行ってしまったのだ。

＊

二百年近い歴史を持つランドルフ城は堅牢な要塞さながらの外観だが、城の中は暖かく保たれて隙間風も遮断されている。

長い歳月を寒い地方で生きてきた人々の知恵の集積が、形になったものなのだろう。

「ルイーゼ様の肌は、本当に滑らかですね……！」

首から肩にかけて白粉《おしろい》をはたいてくれながら、ロッテがうっとりとつぶやいた。

鏡の中の自分は、確かに容姿が整っているとルイーゼも思う。ほっそりとした顎から首筋、そして肩と鎖骨へのラインも削り出したようで、余計な肉はまったくない。

「ありがとうロッテ。でも、もう少し濃い目に白粉をはたいてもらえるかしら。目じりのラインも太めにしたいわ。それから口紅はこの色を」

王都から持ってきた化粧道具を並べながら、ルイーゼは鏡を覗《のぞ》き込《こ》む。

ロッテは眉をひそめて、深紅の紅が収まった器を見つめた。

「差し出がましいことを申しますが、こんなに強い色の化粧を施さなくてもいいのではないでしょうか。淡い色をほんの少し足すだけで充分です。だってルイーゼ様は元々とってもお綺麗なんですもの」

「ありがとう、ロッテ。だけどお化粧には、その人に合ったものがあるんだと思うわ。私みたいにキツい顔立ちは、いっそもっと、はっきりさせた方がいいのよ」

王太子妃教育の一環として学んだ昔ながらの化粧法と、バルバラから叩き込まれた、くっきりと色味の濃い悪女メイク。

二十一年の人生で、ルイーゼが経験したことのある化粧はこの二種類しかない。ちなみに由緒正しいメイクの方は、ルイーゼのような顔立ちの女がやると十歳以上老けて見えると確信していた。

ロッテの言う通り、ほんのり控えめに見えて計算しつくされた薄化粧、というものにはもちろん憧れる。しかしそれは、バルバラの得意とする化粧法でもあった。

バルバラのように可憐な見た目を持っていてこそ、そういう引き算の化粧は映えるのだ。

（それに、クライド様の前では、私は立派な悪女でいなくては）

譲らないルイーゼにため息をついて、ロッテは自棄《やけ》になったように濃いアイラインを引いてくれた。もともときつめのアーモンドアイがさらにくっきりと引き締められ、目の印象が倍増する。

「それにしても、クライド様が女性とお食事をするなんて、私の知る限りでは初めてです。メイドたちはみんな盛り上がっていますよ」

気を取り直したように、ロッテは明るい声で言う。

「クライド様には、恋人とかはいらっしゃらないの？」

そっと探りを入れてみるが、ロッテはうーんと首をかしげる。

「いらっしゃらないんじゃないですかね。仕事が恋人という言葉が、あれほど似合う方はいないですよ。いつもイアン様と一緒だし」

「舞踏会や夜会が開かれた時は、誰をエスコートしているのかしら」

ロッテは笑った。

「先代の侯爵閣下の頃から、夜会なんて記憶にありません。夏の夜は貴重だし、冬の夜は寒すぎるもの。秋は冬支度で大忙しです。城のみんなで冬の間の食料を備蓄するんですよ。たくさん作って、城下の人々にも分けてあげるんです」

「そう……」

王都では年中どこかの屋敷で夜会が開催されているし、冬支度などしたこともない。貴族たちはみんな、食べるものは一般階級が勝手に作って納めてくれるものだと信じて疑わないのだ。

「でも、縁談はたくさん持ち込まれていますから、もしかしたら私たちの知らないところで話が進んでいるのかもしれませんね。クライド様がご結婚されれば、大奥様も元気になられるかもしれないし」

何気ないロッテの言葉に、ルイーゼはハッとした。

最初に会った少年も、大奥様の薬を探していると言っていた。大奥様……クライドの祖母は、バルバラからの差し入れで気力を取り戻したはずだが、今度は体調を崩しているのだろうか。

「大奥様は、ご病気なの?」

ロッテの顔に影が落ちる。

「はい。もう一年ほど、体に発疹《ほっしん》が出てひどい咳《せき》が止まらないのです。お食事もままならなくて。伝染性はないようなのですが、原因が分からないということです」

「そう……」

クライドは幼い頃に両親を、数年前には祖父を亡くしている。

若くして北部一帯をまとめ上げながら、原因不明の病に臥《ふ》せった祖母を気にかける……。クライドの背負うものを改めて想像し、ルイーゼは唇を引き結ぶ。

体に発疹、ひどい咳。伝染性はない。何かの中毒だろうか。

（私に何かできることがあるかしら。お母様）

それはルイーゼが前世を思い出してから初めて思い至った、自分の行き先を憂う以外の、未来のためにできる何かの形だった。

＊

「クライド様、お食事の用意が整いました」

「今行く」

鏡の前でタイを結んでいるクライドの背に、イアンは何気なく声をかける。

「ルイーゼ様の瞳と同じ色ですね」

「そうか？　気付かなかったな。今夜はあの女がうちの使用人を助けた礼の食事というだけだ。仕事はすべて終わらせているぞ。なにか文句があるのか」

「いえ、とんでもありません」

クライドが二歳でこの城に来てから、もう二十二年。

イアン・リースはお目付け役として、そして十年前からは家令として、その成長のすべてを見てきた。ランドルフ家のこと、北部のこと、そしてクライドのこと。先代から託されたものは、あまりにも大きい。

「一応お伝えしておきますが、彼女は王太子・アラン殿下の婚約者です」

「そんなことは分かっている」

クライドは、タイを結ぶ手も止めずにやけにきっぱりと返す。

「俺はあくまで、彼女が何を考えているか探りたいだけだ」

「クライド様が女性に興味を持つこと自体が初めてですが」

「この間、そういう話題を振るなと言ったのを忘れたか」

こんな表情を見るのはえらく久しぶりだとイアンは思う。子供の頃、うまく馬に乗れずに苛立っていた時と同じだ。

厳格な祖父の下で幼い頃からひたすらに鍛錬を積んできた、若く完璧な侯爵。

そんなクライド・フォン・ランドルフが初恋もまだであるなどと、王都の誰が信じるだろうか。

いや、クライド自身も認めたがらないことであろうが。

イアンは誰にも分からない程度の笑みを口元から消して、書類を封筒から取り出した。

「実はルイーゼ様に関しましては、少しばかり興味深い噂を仕入れたのですが」

タイを絞ったクライドが、鏡越しに視線を上げた。


しばらくして、クライドは執務室を出た。

床を打つ自分の足音がやけにうるさく感じるのは、感情が昂《たかぶ》っているからだろうか。

――ルイーゼ様とアラン殿下ですが、お二人の仲はもうかなり長く、うまくいってはいないようです。

初めて会った時の、ボロボロの服を着たルイーゼの姿が浮かぶ。

――もう一年以上前から、舞踏会や夜会には、アラン殿下はルイーゼ様の妹のバルバラ様をエスコートされているようです。すぐ近くにルイーゼ様がいらしても、構うことなく二人は寄り添い愛を語らい合っているとか。王都では、王太子妃はルイーゼ様ではなくバルバラ様になるというのがもっぱらの噂です。

要するに、ルイーゼは婚約者を妹に奪われたということか。

「我《わ》が儘《まま》放題のルイーゼ様にアラン殿下が愛想を尽かしたという噂です」と報告は続いたが、クライドにはそこはどうでもいいことだった。

（なるほどな、そういうことか）

この王国で、王太子に匹敵するほどの力を持つ男は、客観的に見てクライドしかいない。王太子を妹に奪われたルイーゼは、腹いせにクライドを手に入れようとこの北部まで来たのだろう。

「さすが悪女だ。俺を利用しようとはいい度胸だな」

窓の外の夕方の空は曇天で、冷たい風が吹きすさんでいる。

クライドは、緑色のタイを首から乱暴に引き抜いた。

（面白い。それなら勝負に乗ってやる。散々にもてあそんで捨ててやるさ）

不意に胸苦しいような想《おも》いがして、クライドは息を吐き出した。

広間へ続く、扉を開く。

美しく整えられたテーブルの傍《かたわ》らに、所在無げに立ち尽くした人影がこちらを振り返った。

豊かな金色の髪は華やかに巻き上げられ、胸元と背中が大きく開いた真っ赤なドレスを着ている。

目じりが跳ねあがった緑色のアーモンドアイは濃いラインで縁どられ、深紅に染まった唇はさしずめ薔薇の花びらだ。

悪女という言葉を具象化するならこういう形になるだろう。想像通りの姿で現れたルイーゼに、クライドは笑いそうになる。

しかしそれすらも、彼女の計算なのだとしたら。

クライドの胸が、再び苦しくなる。その感じたことのない感覚の正体を彼が認めるのは、もう少し時間がたってからのことであった。

＊

クライドとの会食は、淡々と進んでいった。

自分から招待しておきながら、クライドは何も話そうとしない。もっと何か嫌味《いやみ》や意地悪を言うに違いないと身構えていたルイーゼは、なんだか拍子抜けしたような気持ちになる。

一方、スープから始まる食事はどれもとっても素晴らしかった。

もちろん伯爵令嬢として生きてきたルイーゼは美味《おい》しいものをたくさん食べていたが、北部の素材はどれも新鮮で生命力が溢《あふ》れるようで、一口食べるごとに感動した。

「本当に、海産物が豊富ですね。特にこのソース……貝ですか？　抜群に美味しいです。初めての味だわ」

「それは保存が利かないから、王都には出荷していないからな」

「白身魚《しろみざかな》のソテーも、身がぷりっぷりでした。付け合わせの根菜類も味が濃くて」

「葉物よりも、このあたりでは根菜がよく採れる。口に合うか」

「はい、もちろんです！」

身体に沁《し》み込むような滋養溢れる食事に、ルイーゼはうっとりと舌つづみを打つ。

食事に大満足した後は、デザートを窓側の席で取ることになった。

バルコニーへと続く、広い掃き出し窓のカーテンをクライドが左右に開く。

「うわあ……」

ルイーゼは、思わず感嘆の声を漏らした。

視界を覆う夜空に、一面に広がる数多《あまた》の星々。

窓辺に置いたソファに並んで座ると、まるで空の中にいるようだ。

「王都で見るよりも、ずっと星が多いですね。空気が冷たく澄んでいるからなんだわ」

「ここより、北の山頂で見る星空は更に壮観だがな」

ミニテーブルに紅茶とケーキを並べ終わると、メイドたちは音もなく広間から出て行った。

すぐ隣、触れ合いそうな距離に座るクライドは、相変わらず完璧な造形だ。しかし今日はいつもよりどこか気だるげに、黙ったまま夜空を見上げている。

（疲れているのかしら……）

どうしようかと考えあぐねていると、クライドの瞳がゆっくりとこちらに向けられた。

「寒くないか」

すぐ耳元で囁かれて、ルイーゼはぴょんと肩を跳ね上げる。

「い、いいえ、大丈夫です……暑いくらいで！」

クライドはふっと笑った。

「君は寒いんだか暑いんだか、相変わらずよく分からないな」

「……また老人みたいだとかおっしゃいますか？　寒暖差に対応するのは体調管理の基本ですよ」

唇を尖らせて身構えるが、クライドは口元に笑みを浮かべたまま、黙って視線を星空に移してしまった。

「あの、クライド様の……おばあ様が、ご病気だと伺ったのですが」

一呼吸置き、視線がルイーゼに戻される。

「ああ、それがどうかしたか？」

「差し支えなければ、一度お見舞いをさせていただけないでしょうか。このお城で居候になっている身ですので、きちんとご挨拶をしたいと思いまして」

「――いいだろう。話をしておく」

「ありがとうございます」

ほっとしたが、すぐに会話が終了してしまった。

「君の母方の実家は、南部で薬師をしていたと言っていたな」

しばらくの沈黙を挟み、クライドが話題を振ってくれたのでほっとする。

「ええ。もう今は母の実家も商売としては廃業していますが。幼い頃は色々と教わりました。そうだわ、もしもよろしければ、お城の中庭や裏庭に自生している草花を採取してもいいでしょうか。北部には見たことがないものがあるから気になっていて」

クライドは、あっさりと首を縦に振った。

「好きにしろ。薬草園もあるから、勝手に出入りしていいぞ」

「本当ですか？　ありがとうございます！」

思わず笑顔になると、クライドは少し驚いたような顔をして、しかしすぐに表情を消した。

「……君は伯爵家の令嬢だが、どういう成り行きで王太子の婚約者になったんだ？」

思いがけないことを問われて、ルイーゼは戸惑う。

確かに王太子妃といえば、通常は王家に最も近い上位貴族である公爵家や侯爵家、もしくは近隣諸国の王女などから選ばれることが多い。

ローレン家は由緒ある伯爵家ではあるが、王太子妃というのはそれでも一足飛びの印象を与えるのだろう。今までも、直接的または間接的に、この類の質問はよく受けてきた。

「君の母親が王妃殿下と昵懇《じっこん》だったから、という理由が表向きのようだが、それとその家業は関係があるのか？」

さすがに鋭い。

王族の健康問題に関わるので表向きは伏せられている事情だが、この人に隠し通すのは無理だろう。

ルイーゼは頭の中を整理しながら答えていく。

「私が幼い頃の話ですが、王妃殿下がご病気になられて、その治療を私の母が請け負ったことがあるのです。王家専属のお医者様も匙《さじ》を投げた状態から、母の治療で殿下は回復されて……それを恩義に思って下さった王妃殿下のご推薦で、私は王太子殿下の婚約者にしていただいたのです」

ルイーゼが十歳、王太子のアランが十一歳の頃だ。今となっては、まるで遠い昔のおとぎ話のような思い出である。

「なるほどな。そういう事情か」

「はい。王妃殿下が回復した後に母も別の病気で亡くなってしまいましたから、王妃殿下は私を気にかけて下さって、そのようなご提案をして下さったのだと思います」

そうだ。アランの母である王妃・イザベラは、ルイーゼを実の娘のように慈しんでくれていた。お茶会に呼んでくれ、ドレスや装飾品を譲ってくれ、王太子妃教育が始まった頃には親身に相談に乗ってくれたのだ。

バルバラが来てからはイザベラの招待にもなかなか応じることができなくなり距離が開いてしまったが、社交界でルイーゼが悪女として悪名を馳せていく様を、彼女はどんな想いで見ていたのだろう。気高くも、心優しい人だった。イザベラも、今ではルイーゼを悪女だと信じてしまっているのだろうか。

イザベラのことを思い出し、ルイーゼの心は沈んでしまう。しかしクライドがじっとこちらを見ていることに気付き、慌てて顔を上げた。

「そんな顔をするほどに、君はアランのことを愛しているのか」

「え……」

「最近は、奴から冷たくされていたらしいな。君はそれに傷ついているのか。遠く離れた北部まで来て、腹いせに俺を誘惑しようとするほどに」

「な……」

驚いて開きかけた唇が、柔らかく塞がれた。

一瞬で離れる。

いったい何が起きたのか。ルイーゼは、ただ目を丸くしてクライドを見上げたままだ。

クライドの視線が、ルイーゼの唇から瞳へとゆっくり移ろってくる。

真剣な瞳で見つめて、クライドは軽く唇を舐《な》めると低い声で囁いた。

「君が誘惑するんだろう。俺に愛してほしいんだろう。今度は自分からやってみろ」

冷たいのに甘い、しびれるような声。

いざなわれるように、ルイーゼはクライドの胸元に手を当てる。

タイをしていない胸元は掴むところもないのでそのまま軽くシャツを握りこみ、首を少しかしげて近付けて……彼の唇に、そっと自分のそれを押し当てた。

その瞬間、クライドがガバリと身を起こす。ルイーゼを見下ろしながら、はあっと息を漏らし、ソファの背もたれにルイーゼの身体を押し付けて、その唇をまたふさいだ。

クライドの肩越しに星が見える。降ってくるようだ、とルイーゼは思った。

「んっ……は、ふっ……」

ソファに座ったルイーゼに覆《おお》いかぶさるようにして、クライドはキスを繰り返している。

クライドの舌はルイーゼの唇を割り、舌を絡め取る。二人の唾液が交ざり合い、合わせた唇から滴り落ちそうだ。上あごを舌先でくすぐられ、ルイーゼはぴくんと肩を跳ねさせる。

「ほら、次はどうしてほしい？　まだ俺は全然足りないが」

熱い息を吐き出して、クライドが挑発するように笑う。

その瞳は冴えざえとして、どこまでも冷静なのが逆に自分のいっぱいいっぱいさを際立たせるようで、ルイーゼはたまらない気持ちになる。

「クライド様……」

腰に添えられたクライドの左手を、そっと胸へといざなった。Vの形に深く切れ込みが入った赤い生地の上へ。

「ここを、触って、ください」

服の上から胸の輪郭をなぞるように、クライドの指がゆっくりと動く。目が合うとクライドはふっと笑った。ルイーゼの頬はずっと燃えるように熱い。震える指先で、肩の結び目をほどいていく。脇腹をきつく締めあげたホックも外すと胸元が緩み、コルセットで押し上げられた谷間が覗《のぞ》く。

「窮屈そうだな。こんなに締め付けて苦しくないのか」

「そういうふうに着るものなので……」

「見せてみろ」

クライドが少し顎を持ち上げる。その指示に従うように、ルイーゼはコルセットのホックを外した。ふわりと浮いたその下から、解放されてこぼれた胸をクライドの手が受け止める。

「あ……」

ぷるぷると、大きな両手の中で弾ませた。

「柔らかいな」

「んっ……」

持ち上げるようにして、人差し指の先で先端の縁をなぞる。控えめな桃色のそこは、クライドの指に呼応するようにちょこんと輪郭を現わしていく。

ふっ、とクライドが微《かす》かに笑った。

「いいな。俺の指に懐《なつ》いてくるようだ」

「あっ……」

指先で中に押し込まれる。ぷるんと顔を出したそこを左右に弾かれて、甘いしびれにルイーゼは唇を噛む。すると、もう一度キスをされた。

クライドの薄く形のいい唇に、ルイーゼの深紅の紅が移っている。それはなんだかひどく背徳的で、やはり紅が濃すぎたのかもしれないと、しびれたような頭で今さら反省した。

「ここにも、口付けていいか?」

甘くキスされながら囁かれ、その間も指先で胸の先をくすぐられる。ルイーゼが必死でこくこくと頷くと、クライドはルイーゼの身体をぐっと引き寄せて……そして、胸元に唇を落とした。

「あっ……」

戸惑うほどの甘い刺激が、身体の芯を震わせる。反射的に逃げようとする腰はクライドの腕にがっちりと動きを阻まれ、ただ好きなように胸の先を下から舐められて、ちゅっと吸われて……。

クライドは、ふっと挑発的に笑う。

「甘いな。柔らかくて、すごくいい」

「ク、クライド様……んっ……」

「ここも、熱くなってるな」

ぴたり、とクライドの指先がスリットの間から入り込み、ルイーゼの開いた足の間に下着の上から当てられた。

「きゃっ⁉」

「卑猥《ひわい》なドレスだな。いやらしいところに簡単に手が届いてしまう」

カリカリ、と指先が下着の上からルイーゼの秘所を往復する。みるみるそこは熱く火照り、下着に蜜が滲《にじ》みだした。

「ク、クライド様っ……あっ……んっ……」

「すぐにトロトロになるんだな。元々敏感なのか、誰かに開発されているのか……」

ルイーゼは、クライドの首に思わずしがみつく。彼の指先が、敏感な突起をかすめたのだ。

「ク、クラ、クライド、さまっ……！」

「どうした。さっきからされるがままだな、ルイーゼ。俺を誘惑するんだろう？」

クライドがふっと笑う。熱く火照った耳たぶに舌を這《は》わせて囁いてくる。

「君は悪女なんだろう。それらしい姿を見せてみろ。さっきから可愛い反応ばかりだぞ」

「わ、分かってます、今、大丈夫……あっ。誘惑……ちゃんと……ああっ！」

喘ぐように息継ぎをしながら、ルイーゼはクライドにしがみつく。嵐の中に帆を張る船に乗っているようだ。放り出されて、溺れてしまう。

揺れる視界にクライドをとらえ、必死で彼の唇に自分のそれを押し当てる。

「クライド、さま、あっ……」

くちゅくちゅと、水音までが聞こえてくる。本当に自分はこの、クライドという船に乗っているのかもしれない。

クライドは、はあっと息を吐き出した。すっかり潤んだルイーゼの脚の間を、ごり、と硬いものが擦り上げる。

「っ……!?」

「ルイーゼ……」

必死でしがみついたまま、ルイーゼはクライドの首元に唇を押し当てた。

ずりゅ、ごりゅ、と、温かくて硬いものが敏感な場所の上を往復する。前後に蠢《うごめ》くたびに、それはルイーゼの突起を濡れそぼった下着越しに蹂躙する。

「あっ、んっ……ああっ……」

「ルイーゼ、いいか」

クライドがごそりと体勢を整える。その動きにより一気にずりりっ、と硬いものが擦り付けられた。

「あ、ク、クライド、さまっ……!!」

その瞬間、もどかしさが臨界突破した。

芯をきゅうっと引き絞られるような、あふれるような感覚が背筋を震わせる。

もうだめだ、と思った。それは初めての感覚だ。前世と今世をあわせても、感じたことのない圧倒的な……。

「んっ……あっ……ああっ……」

ルイーゼはクライドに縋《すが》り付《つ》いたまま、ビクンビクンと震えて――。

やがて、体の奥底から溶けていくような感覚とともに、急速に力を失っていく。

「ルイーゼ？　おい、ルイーゼ」

クライドの声が、遠くなっていく。

薄れゆく意識の中、クライドがため息交じりに、

「君は本当に……まごうことない悪女だな……」

つぶやく声が、聞こえたような気がしていた。

＊

「あらまああらまあ。なんて綺麗なお嬢さんだこと」

「マクダ様、初めまして。ルイーゼ・ローレンと申します。このお城でしばらくお世話になっております」

数日後、ルイーゼは城の南側の塔へと赴いた。

暖かな光が満ちる可愛らしい部屋のベッドに身を起こしてマクダ・ランドルフ夫人は目を輝かせる。

「ローレン伯爵家のお嬢さん。まあ、王都からわざわざいらしてくださったのね、嬉しいわ」

ゆっくりとブランケットをめくるとメイドから杖を受け取って、細い足でそっと立つ。ルイーゼは、慌てて細い背中に手を添えた。

マクダは背筋をスッと伸ばして、ティーテーブルの椅子に着く。

心配なほどに痩せているが、クライドによく似た面差しの、とても美しい貴婦人である。

「おもてなしをしなくちゃね。ねえ、ベリーのバターケーキを持ってきてちょうだいな」

マクダは、ルイーゼにも正面の椅子をすすめる。

「ドライフルーツのケーキが昔から大好きなのよ。自分でいろんな果物を用意してね。太陽の光は貴重ですもの。クライドも子供の頃は喜んで食べてくれたわ。最近は、甘いものは食べないなんて顔をしているのがまた可愛くて」

「氷の侯爵」も、祖母から見ればいつまでも可愛いままの孫息子なのだろう。微笑ましい気持ちになってしまう。

「ごめんなさいね、こんな格好で。暖かい間はまだいいのだけれど、寒くなったらもう駄目ね。ん、ごめんなさい」

マクダは、ルイーゼから顔を背けて口元を抑えると、コホコホと乾いた咳をした。

ルイーゼは、マクダの背にそっと手を当てる。奥からゼイゼイと音がしている。長袖で隠しているが、口元を抑える両腕の内側に、コインほどの大きさの発疹が無数に見えた。

「マクダ様、いつごろから咳が止まらないのですか？」

長い咳がようやく落ち着いたのを見計らって遠慮がちに尋ねると、マクダは眉を寂しげに下げた。

「そうね、ちょうど去年の今くらいの季節からだわ。それまでは私、本当に元気だったのよ。中庭で、果物も育てていたくらい」

「中庭の庭園、先日拝見いたしました。アトンの実が熟れていました。本で読んだことはあったのですが、実物を見たのは初めてで嬉しかったです」

「あの実は北部にしか生《な》らないと聞いたけれど、本当だったのね。甘酸っぱくて美味しいのよ。さっそく収穫させなくちゃ。嬉しいわ。今年も元気に生ったのね」

マクダは、はしゃぐように両手を合わせる。

「葉っぱに棘《とげ》があるでしょう。あれが悪魔を追い払ってくれるんですって」

「根がしっかりしているのもいいですね。滋養がありそうです」

ルイーゼも嬉しくなった。花や草、葉や木の実の話題で盛り上がれることはとても楽しい。王都の令嬢には、花はともかく葉や根に興味を持つような人はいないのだ。

赤いベリーがびっしり入ったケーキが運ばれてきた。添えられた紅茶を見てマクダは両眉を上げる。

「そうだわ、ねえ、ルイーゼさんにあのお花のお茶を出してちょうだい」

メイドに告げると、にこにことルイーゼを見た。

「あのね、私はあなたのお母様のリリアさんを知っているのよ」

「母をですか？」

「私、娘と一緒に王城で暮らしていたことがあったの。もう、二十年以上前のお話」

娘というのは、クライドの母、かつての王太子妃のことだろう。

「夫の死後すっかり気落ちしてしまった娘に、ローレン家に嫁いできたばかりのリリアさんが、お茶を贈って下さったの。身体が温まって元気になるお茶で、甘くてとっても美味しいのって。娘はこの城に戻ってきてからも、大切に飲んでいたものよ。本当に感謝しているわ」

「そんなことが、あったのですか……」

母は、確かに南部で採取したり王都の屋敷で栽培したりした薬草を材料に、薬草茶を作ることがあった。ルイーゼも手伝ったものだが、それをみんなに分け与えていたなんて。

優しく朗らかで友達の多かった母らしい。誇らしさに心が温かくなる。

しかしマクダが続けた言葉に、心は一気に凍り付いた。

「だから、あなたの妹のバルバラさんからお茶が送られてきた時は、感激してしまったわ。記憶の中の、リリアさんが娘に贈ってくれたお茶とそっくりで、どんなに嬉しかったことか。いつかバルバラさんにも直接お礼をお伝えしたいものね」

言葉を失うルイーゼをよそに、メイドが新しいポットを持って戻ってくる。ガラスのポットに浮かんだ赤い花の蕾《つぼみ》が、湯の中でゆるゆると開いていく。

「とっても綺麗ね。南部で咲く花なのでしょう？　香りも気に入っているのよ」

メイドが、カップに赤いお茶を注いでルイーゼにも差し出す。

指が震えるのに気付かれないように注意しながら、ルイーゼは慎重に鼻を近付けた。

どこかスパイシーな、特徴的な香辛料のような香り。

「このお茶を……いつ頃から、マクダ様は飲んでいらっしゃるのでしょうか」

声が掠《かす》れるのを必死で押さえた。マクダはゆっくり瞬《まばた》きをして、首をわずかにかしげる。

「どうだったかしら……そうだわ、一年前の夏の終わりね。収穫期の直前の頃だったわ。それから必ずひと月に一度、お手紙と一緒に送ってくれているの」

——バルバラ嬢は、祖母のことも気遣ってくれている。

クライドの言葉を思い出す。

（バルバラからの贈り物って……）

ルイーゼはカップを置いて、そっと呼吸を整えた。

これは、カラミナの花の茶だ。南部でしか採れない珍しい花で、王都でも知る人は稀《まれ》だろう。

毒性自体は弱い。だけど定期的に煮だしたものを飲み続ければ、慢性的な中毒症状が起き、肺炎に似た症状を起こすことがある。その他の特徴は、皮膚に浮きだす赤い発疹だ。

母のリリアがかつてクライドの母に贈ったのは、きっとカミヒクルの花だ。二つは同じ品種で味も形も似ているけれど、その効能は全然違う。カミヒクルは人体に害がないばかりか、滋養強壮の効果がある。二つを見分けることはとても大切なことだとリリアに何度も説明をされたから、よく覚えている。

（ああ、バルバラ。あなたは、あなたという人は……）

クライドからバルバラの手紙と贈り物の話を聞いた時は、バルバラは遠くからクライドとの親密度を上げようとしているだけだと思った。

しかしバルバラの周到さは、そんな生易しいものではなかった。

バルバラはマクダに薬を盛って、少しずつ少しずつ、彼女を弱らせていったのだ。

母の遺《のこ》した薬草茶に関する資料は、今もローレン邸の書棚に残っている。バルバラはローレン家に仕える使用人の一部も籠絡していたから、彼らから当時の話を仕入れたのかもしれない。

カラミナの花による中毒症状を改善する効力は、同じ品種のカミヒクルにある。根を煎じたものが、毒消しになるのだ。

おそらくこの後、王都の攻略対象を完全に掌握したら、バルバラは満を持してここに来るつもりなのだ。そして、マクダをカミヒクルの根で助けるのだろう。クライドは感謝して、バルバラにさらに心を許すに違いない。

クライド攻略ルートの正規ストーリーがどういうものだったのか、もはやルイーゼには知るよしもない。だけど、最短かつ確実にクライドを攻略するための、きっとこれはバルバラの「保険」だ。

(そんなことのために)

そんなことのために、全く関係のないマクダにこんなお茶を飲ませ続けるだなんて。

バルバラが手紙と贈り物でクライドと既に交流していたことを知った時も、ルイーゼはその用意周到さを恐ろしいと思った。今もそうだ。恐ろしくて、震えが走る。

しかし同時に腹の奥底から、確かに燃え始める炎があった。

(許せない。こんなに信じてくれているマクダ様を騙すなんて。それも、お母様が過去に贈ったお茶の思い出を利用するなんて)

初めて腹の奥底に、ゆらりと燃える炎を感じる。

(こんなやり方、私は絶対に許せない)

「マクダ様、このお茶とっても美味しいですね。残りぜんぶ、いただいてもいいでしょうか」

にっこり笑ってルイーゼは、やや強引にポットから残りのお茶をすべて自分のカップに注ぐ。目を丸くするマクダの前で赤い茶の中に揺れる花を見つめながら、ルイーゼはこれからどうするべきかを必死で考え始めていた。

＊

（さて、これをどうしよう……）

数日後、ルイーゼは小さな袋を胸に抱き、南の塔を見上げていた。

あれから急いで自分の部屋に戻り、薬箱をひっくり返して目当てのものを探し当てた。

他の何種類もの草花の中に紛れ込んだ、乾燥した特徴的な形の根。

ルイーゼはそれをすりつぶし、二日かけて綺麗な布で何度も濾《こ》して明るい光で乾かすと、一回分ごとに袋に詰めた。

カラミナの毒を中和する、カミヒクルの根である。

（だけど、こんな怪しげなものをマクダさんに飲んでもらうなんて、担当のお医者様がきっとお許し下さらないわ）

そんなことを簡単に許すような医者をクライドがマクダに付けているとも思えないし、何より自分は稀代の悪女なのである。

（毒林檎と思われても仕方がない……）

クライドに相談しようかと、執務室のある本棟を見上げはするが。

（でも……）

――君は本当に、まごうことない悪女だな。

先日の夜、ルイーゼはクライドを誘惑しようとしてまたも見事に返り討ちに遭い、膝の上でめちゃくちゃに嬌声《きょうせい》を上げて無残に気を失ったのである。

あれ以来、クライドからは何の音沙汰もない。食事によばれるどころか、姿を見ることもないのである。

（今度こそ、愛想を尽かされたのかもしれない……）

あの時自分が晒したはしたない姿を思い出すと、ルイーゼは思わず袋を額に押し当ててしゃがみこんでしまう。

こんなはずではなかったのに。

バルバラはいつでも自分が主導権を握り、攻略対象を支配していくようだった。

一方ルイーゼのあれは、悪女というより痴女ではないか。

（そんな私が今薬を差し出したら、完璧に魔女ムーブだわ。我ながら怪しすぎるもの）

痴女、そして魔女。悪女からどんどん遠くなっていく。

そもそもたとえ毒だとしても、この二年間バルバラが茶を送っていたことがマクダの支えになっていたことは、事実なのである。

——俺も、バルバラ嬢には感謝を覚えている。

最初の時、はっきりとそう言われたではないか。

しかしそんなことをしている間に、またお茶が届いてしまったら。マクダがあのお茶をまた飲んでしまったら……。

堂々巡りする思考にため息をつき、もう一度塔を見上げた時だ。

「だけど結局おまえは、大奥様の薬を持ってこられなかったじゃないか」

甲高く尖った声が聞こえてきた。枯れた草を踏みながら近付いてくる気配に、ルイーゼは思わず近くの木の後ろに身を隠す。

「あの病気は、北の隣国から風に乗ってやって来たものだって母上が言っていたぞ。王都に行ったって薬なんかあるもんか」

歩いてきたのは数人の少年たちだった。騎士隊の下部組織のものだろうか、揃いの制服をまとっている。

どうやら皆で一人の少年をつるし上げているようだ。かなり強い口調でまくしたてるのに夢中になって、ルイーゼのことには気付いている様子がない。

「違う。大奥様の病気は伝染なんかしないじゃないか。絶対に何か原因があるんだ。王都の近くなら情報があるんじゃないかと思って、僕は」

必死で反論する少年に見覚えがある。ここに来た時男たちに金を巻き上げられかけていた、確かザシャと呼ばれていた少年だ。

「何が王都だよ。途中で逃げ帰ってきたくせに。ザシャみたいな弱虫が、一人で王都なんか行けるもんか」

「そうだよ。ランドルフ家の家令は、クライド様のお役に立てるくらい強くなくちゃいけないんだからな！」

年かさの一人に肩を突かれ、ザシャの細い体がふらついた。

「おまえみたいに、本ばかり読んでいるチビに務まるかよ！」

「あら、本を読んだ知識は役に立つわよ」

突然木陰から現れたルイーゼに、少年たちはぎょっとしたように振り返る。

「病気が伝染しないことに気付いて、原因を探りに街を出たんでしょう。知識をちゃんと生かした、賢くて勇気ある行動だわ」

うんうんと頷きながら続けると、顔を見合わせた少年の一人が思い切ったように叫んだ。

「あんた、アクジョだろ‼」

「えっ」

「贅沢三昧《ぜいたくざんまい》の意地悪アクジョが城に入り込んだって、父さんたちが噂してたぞ」

「男を食うって聞いたぞ？　頭から食うのか？」

「新種の虫を踏み潰したって本当か？　アクジョって虫も食べるのか？」

四方から矢継ぎ早にわめかれて、ルイーゼはくらくらした。

そういえば、前世で学童保育の学生アルバイトをしていたことがある。小学生男子という頓珍漢《とんちんかん》な生き物が世界で一番パワーが有り余っているというのは、この世界でも同じようだ。

「まあね。確かに私は王都で名を馳せている恐ろしい悪女……みたいなものかもしれないわ」

一人一人の目をじっと見つめてにっこりと笑ってみせると、少年たちは赤くなったり青くなったりする。

「だけどそんな私でも、あの時はびっくりしたわね。そこにいるザシャが、船着き場で巨漢の男たちと喧嘩《けんか》をしていた時よ。どんなに脅されても一歩も引かずに立ち向かっていって、格好よかったわ」

少年たちは驚いたようにザシャを振り返ったが、一番背の高い一人は負けじとルイーゼを睨む。

「アクジョの言うことなんか信じるもんか。そんなこと言って俺たちを騙すつもりなんだろ」

「あら、そんなふうに思うの？」

腰に手を当てて、ルイーゼは少年を見下ろした。

「ねえ、悪女ってどんなものか知っている？」

あの時と同じように、いや、さらに芝居がかった動きでにんまりと笑って見せた。

「悪女が男を食うって言うのは……そうね、ちょっと語弊があるわ。それは忘れた方がいい。悪女がすするのは、むしろ人間の生き血だもの。子供の血なんか特に美味しいわね。そうね、たとえば寄ってたかって一人をいじめるような、悪いことをする男の子……」

ルイーゼを見つめる少年の目が、大きく見開かれていく。ルイーゼはそこで言葉を切り、十分に間を取ってから、両手を広げて腹の底から声を上げた。

「あんたたちみたいなのの生き血がね‼」

キャー‼　と、最初からルイーゼを怯えた目で見ていた数人が叫ぶ。その声に残りの少年たちも飛び上がると、転がるように四方八方に散っていく。

あっという間に、その場に残されたのはルイーゼとザシャだけになってしまった。

「ちょっと、やりすぎたかしら」

気恥ずかしくなりつつ振り返ったルイーゼに、ザシャは我に返ったように首を横に振った。

「あ……ありがとうございます、ルイーゼ・ローレン伯爵令嬢。また……助けていただいてしまって」

「ううん。私こそ、余計なことをしてごめんなさい」

つい調子に乗ってしまったが、あんなにも効果てきめんだとは思わなかった。ルイーゼの悪評が、更に歪《ゆが》んで広まってしまうのは避けられないだろう。

「余計なことなんかじゃないです。僕、剣術も馬術も下手だから、いつもあんなふうに言われがちで。お父様みたいな立派な家令になって、クライド様のお役に立ちたいのに」

ぎこちなく笑うザシャの顔を、ルイーゼは身をかがめて覗き込んだ。

「クライド様の役に立つ方法って、人それぞれだと思うわ」

「え……？」

「そりゃあ剣術も馬術も練習するに越したことはないけれど、本を読んで知識を増やしてそれを生かすのだって絶対に役立つもの。クライド様は、ザシャのできないことではなくて、できることに注目してくださる方なんじゃない？」

「……僕、本を読むのも好きだし、みんなの中では一番身軽です。隠れ鬼では絶対見つかりません」

「うん、それに勇気もあると思う」

大きくうなずいて見せると、ザシャはぱあっと明るく笑った。

「ありがとうございます、ルイーゼ様。みんなにはちゃんと、ルイーゼ様は悪女なんかじゃないって説明しておきますね」

「うん、ありがとう。まあそれは別に無理しないで」

あははと乾いた声で笑ったルイーゼは、ザシャが胸に抱えるのが薬学について書かれた本であることに気付いた。

「その本……」

「ああ、僕やっぱり大奥様の病気をどうにか治す方法がないかずっと考えていて。お医者様にも分からないことを、僕が調べるなんて無理かもしれないんですけど」

悔しそうに唇を噛む。きっとこの子は、マクダのことをとても慕っているのだ。

「ザシャ、あの、お願いがあるんだけれど」

ルイーゼは、手の中で温かくなってしまった麻の袋を、さらにぎゅっと握りしめた。

＊

「クライド様、王都から嘆願書が複数届いています」

執務室に足を踏み入れると分厚い書類を抱えたイアンが待ち構えていて、クライドはうんざりとため息をつく。

「最近多いな。いったい王都はどうなっているんだ」

「近衛騎士団も、代替わりをしようとしていた宰相も、なぜかやたらとバタバタしている様子ですね。重要な議題がことごとく滞っている。各所からの要請は共通しています。クライド・フォン・ランドルフ侯爵閣下に一度登城してほしい、状況を確認してもらいたいと」

「置いておけ。後で確認しておく」

「そんなことを言って、またほったらかすつもりでしょう」

クライドは憮然《ぶぜん》とした顔で、どかりと執務椅子に腰を下ろした。

「いつも言っているが、俺は関係ないだろう。中央のことは王家に任せていると答えればいい」

「しかしクライド様は、王位継承権第二位の身です。何かあった時に頼られるのは当然かと」

ため息をついて、クライドはイアンから嘆願書の束を受け取る。

中央の政治を担う貴族たちの腐敗が、最近とみに著しい。

改めてそれを感じたのは、ザシャとルイーゼが乗ってきた運搬船の人夫の件だ。客から略奪を繰り返していたが、ルイーゼの予想通りその上前を親方が跳ねていたことが後日判明した。大方、さらにそれを巻き上げる役人や貴族が上にいるのだろう。

元々、何年も前から危うさはあった。

強いカリスマ性を誇った先代王に比べて、今の王は穏健派だ。第一王子だったクライドの父の夭折により、不意に回ってきた王位である。周囲の意見をなんでも受け入れているうちに、上位貴族が力を持ちすぎたきらいがある。

結果、彼らは自分たちの領地運営もおざなりに、我先にと王都に集い、中央での権力を奪い合っている。

「王都の貴族どもが勝手に自滅しているだけだろう。自業自得だ。自浄作用が働いたってことでいいんじゃないか」

「またそのようなことを」

そうは言っても、今までは曲がりなりにも保たれてきた均衡がこの一、二年で一気に崩れ去ったような感覚に、クライドが違和感を覚えているのも事実である。

しかも年を取った古狸《ふるだぬき》たちが暴走しているというのならまだ分かるが、仕事を放棄したり利権をあからさまに貪ったりして政治を混乱させているのは、次世代を担うと期待されていたはずの、ついこの間まではその優秀さで名声を得ていた貴公子たちなのだ。

「この忙しい時に……」

舌を打ち、クライドは嘆願書の一枚を乱暴に開く。

ここしばらく、彼は城を離れていた。

近付く冬に備えて北部の要所を回り、大きな川にかかった橋や堤防が積雪に耐えられるか、雪崩防止の対策が適切に取られているかなどを確認していたのである。

それは祖父の代から毎年続くこの時期の重要な仕事で、適切な基準を設けて視察を行うようになってから、雪の季節の事故はぐっと減った。

それでも、自然への対策に万全ということはない。常に気を引き締めて、北部中を回ってきたのだ。さらにこれで終わりではない。港周辺の視察も残っているし、冬支度も必要だ。

それらはすべて毎年のことで、クライドにとっては当たり前のことなのだが。

「そういえばルイーゼ様ですが」

ペーパーナイフを手渡しながら、イアンは思い出したように報告する。

「この数日間は、ずいぶん充実した日々を過ごされていたようです。大奥様に挨拶をしたり中庭の薬草園を見て回ったり、あとは部屋に閉じこもって、何かを夢中で作っているようですね」

「別に彼女のことなんか気にしていない」

即座に答えたクライドだが、短い沈黙を挟み、むっつりした顔のまま続けた。

「――俺のことは、何か聞いてこなかったか」

「クライド様のこと？」

イアンはしれっとした顔で首を傾《かし》げた。

「特に何も」

「俺が重要な視察に出ていたことは、ちゃんと知っているんだろうな」

「どうでしょう。特に聞かれなかったのでお伝えしておりませんが」

「どうして伝えない」

「伝えてほしいなら、ちゃんとそのようにおっしゃっておいて下さらないと」

クライドは忌々しい気持ちで家令を見た。

あの夜、クライドはルイーゼの身体をまさぐり、何度も何度もキスをした。

王太子へのさや当てにクライドを利用する悪女。それなら自分だって乗ってやろう。

そう、最初はもてあそんでやるくらいのつもりだったのに。

しかし彼女の柔らかであたたかな身体は、瞬く間にクライドを魅了した。

みずみずしい果実のようなその肢体とは裏腹に、ルイーゼの表情や反応は、何も知らない生娘のようだった。いちいち必死に懇願してくるその表情は、クライドの胸を甘く疼《うず》かせた。

いや、そんなはずはない。稀代の悪女だ。すべてが計算づくか、もしくは手練《てだ》れの男たちに存分に開発されつくしてここまで敏感になっているのだ。そう思い至ると、今度は脳髄が沸騰するような憤りを覚えた。

気付けば夢中で貪って、高ぶりのままに自分自身を彼女の内側に埋めようとしたその瞬間、ルイーゼは気をやってしまったのだ。

無理やりにでも起こして続きをしてやろうかと思ったし、実際途中までそうしかけた。しかし力尽きたように眠る無防備な顔をしばらく眺めていると、心が疼いてくるようで、クライドは大きくため息をついた。

結局、寝たままの彼女を部屋までそっと運んでやり、視察に出発したのである。

(ということは、俺はあれだけ好きに彼女の身体をまさぐっておきながら、それから何日も何も言わずに姿を消した男ってことになっているのか)

それはどうなのだろう。いや、別に自分が気にすることではないが。

ソワソワとさまよわせた視線が、ふと窓から見下ろす中庭の様子に止まった。

家来の子息たちが数人集まっている。囲まれているのはイアンの息子、ザシャだ。

騎士隊に所属する親を持つ少年たちが、小柄で読書好きなザシャを軽んじて衝突しがちなことには気付いていた。

ザシャは賢い少年だ。ゆくゆくはイアンの後を継いで、他の家来たちを束ねる立場になってもらわねばならない。そう思うからクライドもイアンも敢えて口を出すことはなかったが、今日の様子にはやや眉を顰めるものがある。大人数でザシャ一人に何かを言い立てていた少年たちは、ついにその体を力任せに突き飛ばした。

その時、視界の端から金色の髪が飛び込んできた。

少年たちとザシャの間に入り込んだのは、豊かな髪を一つに束ねて動きやすそうなチェックのワンピースを着たルイーゼだ。

彼女は腰に手を当てて、少年たちのリーダーと何かを言い合っている。最後には両手を顔の両脇に広げて、襲い掛かるような素振りを見せた。少年たちはぴょんと飛び上がり、蜘蛛《くも》の子を散らすように中庭から走り去っていく。

（今度は一体、何をしているんだ）

残されたザシャと一緒に笑っているルイーゼの様子を呆れた気持ちで眺めていると、いつの間にかすぐ後ろにイアンが立っていた。

「クライド様、楽しそうですね」

言われて初めて、クライドは自分が笑みを浮かべていることに気が付いた。

「ああ、そうだな。彼女は何をしでかすか分からなくて、目が離せない」

「不思議な方ですね。大奥様も、またルイーゼ様とお話をしたいとおっしゃっていました」

しばらくの沈黙の後、イアンは一枚の封筒を差し出してきた。

「王都から、使者が参りました」

受け取った封筒には、ローレン伯爵家の紋章が描かれている。

「バルバラ・ローレン様からです。ルイーゼ様の身柄を引き渡すように、と」

＊

城の裏門から見上げた空は、どんよりと曇っている。

昼日中なのに吐く息が白い。肩に掛けたポンチョの首元を、ルイーゼは思わずかき合わせた。

この城に辿り着いてからの間にも、季節は確実に進んでしまった。

（真冬になったら、このポンチョじゃ絶対にしのげないわ。もっと温かい服を買わないと）

北部で冬を過ごすのは初めての経験だ。寒さは心細さを呼ぶ。曇り空に細く息を吐き出した時。

「馬は必要ないのか」

頭上から声が振ってきて、ルイーゼはぴょんと飛び上がった。

振り返ると黒く丈の長いコートを羽織ったクライドが、こちらを平然と見下ろしている。

「えっ……クライド様⁉　ザシャはどうしたんですか？」

「ザシャは勉強の時間だ。抜け出そうとしたのを父親に捕まった」

「そうなんですか。あの、ザシャを責めないでください。私が強引に道案内をお願いしたのです」

慌てて説明しながら、ルイーゼは麓《ふもと》へと続く道を見やる。

傾斜もある上に岩場がむき出しで、あちこちが既に凍り付いている。一人だと絶対転びますよ！

と言い切っていたザシャがいないのは若干心細いが、慎重に下りていくしかないだろう。

「ありがとうございます、わざわざ伝えに来ていただいて。それでは行ってまいります」

お辞儀をして歩き出そうとすると、はあ、とため息が聞こえた。

「だから、代わりに俺が同行すると言っているんだ」

「えっ」

「なんだ、俺に知られたらまずいものでも買いたかったのか？　言っておくが、君が好みそうな露出度の高い下着はうちの城下町には置いてないぞ」

しれっととんでもないことを言う。

「なっ……そんなもの買いません！」

「別に、俺は奇をてらった下着を好むわけじゃない。何なら素っ裸で誘惑してきても」

「クライド様！　こんな明るい時間から何の話をしているのですか‼」

真っ赤になって言い返したルイーゼの足元が、濡れた石の上でつるりとすべる。バランスを崩しかけたルイーゼの腕を、ごく自然にクライドは掴んだ。

「あ、ありがとうございます……」

「落ち着きがないな。ほら、行くぞ」

クライドは、さっさとルイーゼを追い越して岩場を下り始める。

「……クライド様、本当に大丈夫なのですか？　仕事で忙しそうでしたし、お疲れでしょう」

「別に。退屈していたところだから丁度いい」

クライドは、振り向かずに岩場を降りていく。その足取りは軽く危なげないが、敢えて通りやすい道を選んで、ルイーゼに示してくれているようだ。

慌ててその後に続きながら、ルイーゼは先ほどまでの心細さが嘘のように消えていくような気がしていた。


「すごい、なんてたくさんの人……！」

ランドルフ城の城下町は、港町でもある。

北部最大の港が隣接しているため、町には食べ物や日用品の他に異国の珍しい品を扱う店も多く、活気に満ちていた。

「王都に近い南の港では一部の人しか異国との取引はできないのですが、ここでは違うのですか？」

南の港で異国との取引が許されているのは王家や上位貴族、そしてごく一部の裕福な商人のみだ。

彼らは異国の珍しい品を囲い込み、高値の取引を行っている。

しかしここでは、町の子供たちまでもが珍しい異国の玩具《おもちゃ》や菓子を手に走り回っているのだ。

「少し前に西の大陸で内紛があって、なかなか面白い人脈や技術を持つ商人や職人が逃げてきたんだ。彼らを一手に受け入れて、自由な商売を許している。俺は心が広いからな」

「それは素晴らしいことですが……本当に、心が広いだけですか？」

疑わしい気持ちで見上げたルイーゼに、クライドは肩をすくめてみせた。

「大したことじゃない。この街の人間を弟子として雇うことを義務付けているだけだ」

「なるほど。十年や二十年先を見据えていらっしゃるのですね」

ルイーゼは、おおいに納得して頷いた。

「この国の人たちが異国の技術を学べれば、ずっと先の財産になりますもの。だからこの町は、こんなににぎわっているんだわ」

北部が未開の地などと、一体誰が言い出したのだろうか。

クライドの考え方と行動力は、目先の欲にかられた王都の人間のはるか先を行っている。

感心するルイーゼを振り返り、クライドはにやりと笑った。

「君は、貴族令嬢とは思えないほどに話が早いな。この考えを周囲に納得させるのは、それなりに時間がかかったんだが」

ひやりとした。

あまりおかしなことを言わないように、気を付けなくては。

「そうですか？　私は珍しいものが好きだから、ついつい興味を持ってしまっただけですよ」

適当に誤魔化《ごまか》して、次の店へと足を速める。

大通りの左右に並ぶ店は多種多様だ。珍しい食べ物の屋台に、異国の衣類や装飾品。硝子《ガラス》や陶器の器や精巧な作りの雑貨など、王城でも見たことがないような品まで並んでいる。

ガシャンガシャンという音に何事かと覗き込むと、店先に大きな機械が据えられていた。セットしたブリキ缶に調理した魚介や肉を詰め込んでレバーを下げると、次々と蓋がされていく。

「クライド様、すごい。缶詰です！」

「よく知っているな。西の大陸にある工業国で開発された機械だが、試しにこの町での製造販売を許してみた。あんなものに食材を入れて大丈夫なのかと、まだまだ皆は半信半疑なようだが」

「大丈夫です、絶対に王都でも売れますよ！　あの缶詰を作る機械にいっぱい出資した方がいいです」

思わず力をこめて主張すると、クライドは、くくっと笑い始める。

（え、何……？　また何か変なこと言ってしまったかしら……）

「いや。出資した方がいい、か。逞しいな。むしろ君に出資すれば、どんどん増やしてくれそうだ」

「……クライド様、もしかして、暗に私のことをがめついっておっしゃってますか？」

「いや、べつに暗にでも何でもないが」

しれっと言われてルイーゼはぐぬぬと口の端を下げる。その顔を見て、クライドはまた笑った。

「怒るな。だとしても俺にとっては褒め言葉だ」

「女性への褒め方を、クライド様は少し勉強した方がよさそうですね」

ぷいと勢いよく横を向くと、ルイーゼの髪がひと房はらりとこめかみから零《こぼ》れた。クライドが、それをルイーゼの耳にかける。

「クライド様……？」

顔を上げると、クライドは笑みを浮かべたまま、ルイーゼを見下ろしていた。

「クライド様‼」

背後から、機械の音に負けないほどの太く大きな声が響いてきた。

「よかった、ちょうどいいところに！　ご指摘いただいたように缶を開ける器具を改良してみたんですが、試作品ができました！　ハンマーよりいいと思うんですが、ちょっと見てくださいませんかね？」

店の奥から、職人らしき男たちが次々と顔を出してくる。

「……って、あれ。クライド様、これはものすごい美人を連れて……えっ、もしかして……？　おい、クライド様が恋人を連れてきて下さったぞ！」

男たちが我先にとルイーゼの顔を覗き込む。周囲にいた客たちも、一斉にルイーゼを振り仰いだ。

居たたまれなくなって、ルイーゼは慌てて両手を振る。

「いえ、違います。とんでもないです。私はただの居候ですので……」

咳払いをして、続ける。

「クライド様、皆さんとゆっくりお話しなさっていてください。私は適当にそのあたりを見ておりますので」

クライドは一瞬何かを考えるような様子を見せたが、すぐに普段のクールな表情に戻った。

「ああ。この辺りは治安はいいが、あまりちょろちょろ遠くに行くなよ」

「ちょろちょろって」

言い返しながらもルイーゼはほっとして、缶詰工房へと入っていくクライドの背中を見送った。

それからすぐに、身をひるがえして先ほど通り過ぎた店の一つへと小走りに戻る。

今のうちに、町まで出てきた目的を果たしていかなければ。

身だしなみを確認して、「宝飾店」と看板が出された店の扉を開いた。


宝飾店を出た時には、太陽がだいぶ傾いていた。

思っていたより時間が取られてしまったことに焦りつつ次に目指すのは、薬草の専門店だ。

入店した瞬間に懐かしい匂いに包まれて、思わず大きく深呼吸をした。

壁一面に小さな棚が作り付けられ、種類別に種や乾燥した実が収められている。中央のテーブルには調剤済みの薬の瓶が、窓際にはたくさんの植木鉢が並んでいる。

（いいお店だわ）

店番のおじいさんが黙々とすり鉢で何かをすりつぶす音が静かに響く店内は、程よく乱雑で探求心をくすぐってくれる。

ルイーゼはぷるりと震えた。武者震いである。

思えば前世でも、ルイーゼは「集める系オタク」だった。アルバイトでやりくりしたお金で、ハマったゲームのガチャやアクキー、缶バッヂなどをせっせと収集していたものだ。

ルイーゼ・ローレンとして生まれ変わった後も、珍しい薬草を集めて蓄え、育てて増やしてという
ことに膨大な時間を費やしていたものである。
（そうか。そういった気質は、記憶が戻る前から引き継がれていたんだわ）
なんだかしみじみと、懐かしいような思いに包まれる。
「さて、と……やりますか」
まずは植木鉢に植えられた苗の一つ一つを丁寧に見て回りはじめた。その次は壁の抽斗《ひきだし》を確認して、
そこに詰められた薬草の種や球根をちまちまと検証していく。
（ああ、これはまるで宝箱。いくらでも見ていられるわ）
他に客はいないので、十分に集中することができる。午後の柔らかな日差しが差し込む店頭に草と
土の匂いが満ちているのも心地よくて、ルイーゼは時間を忘れて夢中になった。

「ルイーゼ」

声が降ってきて、ぴくりと顔を上げる。

「クライド様」

慌てて立ち上がると、クライドの後ろに見える空は、すっかり夕方の気配を帯びていた。

「何度か声をかけたんだが、全く気付かなかったな」

呆れたような顔だ。

「あ、本当だ……すみません、選んだものを購入してきますので、少々お待ちください」

手首に掛けた籠から溢れそうになっている薬草の葉や種に、干した根や実、さらに両手に二つの植木鉢の会計を済ませたルイーゼから、クライドはやや強引に荷物を引き取ってくれた。

「すごい量だな。目当てのものはあったのか」

「はい、期待していた分はありました。特にこの実は発見です。これがあれば、手荒れを防ぐクリームができます」

ロッテたちの手が赤く切れていることが、ずっと気になっていたのだ。

「そんなものまで作れるのか」

「母の受け売りですが。一緒に花を練り込めば匂いも付けられるはずです。あとはこれですね。すりつぶして汁を身体に塗っておけば、毒虫を避けることができるんです。あとこっちは……」

ついつい楽しくなって戦果を披露しかけたが、ハッと我に返る。

「すみません、こんな話、面白くないですよね」

かつて、アランと二人の時によく薬草の話をした。というより、その頃のルイーゼには薬草のことくらいしか話すことがなかったのだ。最初は穏やかな笑みを浮かべて聞いていてくれていたアランが、ある日その笑顔のまま言い放ったことを、ルイーゼは忘れられない。

——ねえ、いい加減、その青臭い雑草の話題はやめないかい？　もう少し楽しい話をしようよ。

「何がだ？　もったいぶらずに早く効能を教えろ」

しかしクライドは、袋の中を確認しながら、怪訝そうにそう促すだけだった。

「――……なんでも、ありません。はい。こっちのはですね、葉っぱを折るとツンとする匂いがするんですが……」

夕暮れの中を、ルイーゼはクライドに薬草の説明をしながら歩いていく。

クライドは、ルイーゼの説明をとても興味深そうに聞いて、北部にはない薬草に関してはいろいろ質問もしてくれた。

「君の母親は大したものだな。そこまで薬草に詳しい者はそうそういない。君はその全てを受け継いで使えるのか？」

「ほとんどは。でも、決して使ってはいけないと言われているものもあるのです」

母親の面影を胸に広げながら、ルイーゼはゆっくりと答えた。

――ルイーゼ、これは大切なことよ。

幼いルイーゼの手を取って、母はよく話してくれた。

「毒と薬は、表裏一体。草や花は、自分たちの道理で生きています。その力を、人間が勝手に利用しているに過ぎない。薬としてその効果を享受するからには、それが毒にもなることを知っていなくてはいけないと」

そう言って、母は毒の処方箋も教えてくれた。

カラミナの花はその一つだし、他にもいくつか、もっともっと恐ろしいものがあって、幼いルイーゼは震えたものだ。

「毒？」

「はい。人を駄目にする薬なんていうものもあるんですよ」

やんわりと答えながら、ルイーゼは今日買えた薬草のことを考える。

一番欲しかったものは、やはり見つからなかった。

カラミナの花の中毒症状を改善する、カミヒクルの根。根はおろか、花も種もなかった。店主のおじいさんも、見たことも聞いたこともないと首をかしげるのみだ。

ただでさえ珍しい上に、温かい気候でしか育たないのだ。南部の領地では、母から教わった生息場で手に入れることができたのだが。

（王都のローレン伯爵邸に戻れば、ストックがあるのだけれど……）

そんなことを思いながら、城へと向かう坂の途中でルイーゼは何気なく振り返った。

「うわあ……!!」

眼下に広がる港町と、その向こうに広がる海。境界が分からないほどに、すべてが夕焼けの中で瑠璃色に染まっていく。

「綺麗……」

「そんなに珍しいか、この風景が」

「はい。夕日の真ん中に、自分も溶けていくみたいです」

少し先から振り返ったクライドは、呆れたような顔になる。

「君の言うことは、いちいち壮大だな」

町を挟んで反対側に連なる山の裾野《すその》を、銀色の生き物が数頭走っていく。

「狼だな」

「あんなに近くに？　町へは下りてこないのですか？」

「そんな必要はない。山は豊かだし、支配者は彼らだ。それ以上何を求めるんだ」

ルイーゼは、目を凝らしてその銀色の影を追った。狼は一瞬立ち止まって、まるでこちらを認識しているかのように視線を向けてくる。

「真の王は、無欲なのかもしれないですね」

ただ静かに、大切な人と平和に日々を過ごすこと。

すべてを手に入れることができる力があるからこそ、そのかけがえのなさが分かるのかもしれない。

ふと視線を感じて振り向くと、クライドがこちらをじっと見つめている。その表情からは感情を読み取ることができず、むしろクライドの方がルイーゼの中の何かを見つけ出そうとしているかのようだった。

「クライド様……？」

「バルバラ・ローレンからの使いが来た。ルイーゼ・ローレンがここにいるなら、身柄を引き渡せと」

淡々としたクライドの声が、冷たい風に乗って届く。

想像していたよりもずっと静かな心で、ルイーゼはそれを受け止めた。

「今夜、話がある」

クライドの銀色の髪が、夕焼けの中で息を飲むほど綺麗だ。

このまま溶けていってしまいたい、とルイーゼはぼんやりと思っていた。

*

その夜は、再びクライドと夕食を取ることになった。

前回以上に豪勢な食事が次々と運ばれてくるが、あまり食欲が湧かない。申し訳なく思いつつも、無理矢理《むりやり》に喉の奥へと押し込んでいく。

(私がここにいることを、ついにバルバラが知ってしまった)

おそらく、南部の領地にルイーゼがいないことがばれたのだろう。注意をしてきたつもりだが、道中で王都の誰かに目撃されたか、北部に向かう証拠を残してしまったのかもしれない。

バルバラからの使者に、クライドはどんな返事をするつもりだろうか。さっきクライドはそれ以上を語らなかったし、ルイーゼも聞くことができなかった。

(もう私を引き渡すつもりで、これが最後の食事という意味なのかもしれない)

ここに来てから、自分は何もできていない。

ただメイドたちとおしゃべりしながら薬を作り、買い物に行って美味しいものを食べていただけだ。我ながらびっくりする。

生き延びるため、凌辱エンドを回避するために何としても、クライドを籠絡したいと思っていた。

(だけど今は)

ただもう少し、ここに居たいと思い始めている。

マクダの体調も気になるし、お城のみんなもいい人だ。城下町も、もっとゆっくり見て回りたい。

それに……。

(クライド様のことを、もっと知りたい)

意地悪で口が悪いけど、分かりにくさの中に確かな温かさがあるクライドのことを、もっと知りたい。クライドが思い描く、この町の未来の姿を見てみたい。もっと、もっと……。

食後のデザートが下げられると、部屋にはクライドとルイーゼだけになっていた。

今夜は、窓際の席への移動を促される気配はない。クライドは、いつもと変わらない表情で珈琲《コーヒー》を飲んでいる。

その薄い唇が次に開いた時、すべてが終わるのかもしれない。

「クライド様は」

ルイーゼは思わず口を開いた。少しでも今のこの時間を、引き伸ばしていたかった。

「クライド様は……王都には、あまりいらっしゃらないのですか?」

脈絡のない話題だが、クライドは特に動じることもない。

「そうだな。王都の社交界は、くだらないしきたりが多すぎて好きではない。余計な段取りに時間を奪われるのも鬱陶しいし、毎晩のように夜会だなんだと集まって、飲んだり踊ったり、王都の奴らはよほど暇なのかと呆れるだけだ」

憮然とした口調が可笑《おか》しくて、ルイーゼは思わず笑った。

「そうですね、私も夜会は苦手です」

贅沢の限りを尽くした悪女の台詞《せりふ》としては、さすがに無理があったかもしれない。しかしクライドは何も言わなかった。

「だけどクライド様が出席したら、きっと夜会の主役です。王都中の貴族令嬢の視線を独占してしまいますよ」

うんざりと、クライドは息を吐き出す。

「まったく興味ないな。君の妹からも最近ひっきりなしに招待状が届くんだが、一度も返していない」

笑みが凍り付いたことを気取られないように、ルイーゼはそっと目を伏せる。

「クライド様は……バルバラに、会いたいと思わないのですか？」

「君の妹に？　なんでだ？」

「……だって、感謝しているとおっしゃっていたし、長いこと手紙のやり取りをしていたら、姿を見たいと思うのが自然ではないかと」

クライドは軽く肩をすくめた。

「何が狙いなのか興味がないわけではなかったが、そんなことのためにいちいち王都に行くほど暇でもない」

だけど、もしもバルバラから会いに来たら？　ここにたどり着いたのがルイーゼではなくバルバラだったら、あんな悪女やら魔女やらの騒ぎなんてなく、すんなりと恋の物語が始まったのだろうか。

「君は、アランにエスコートされて夜会に行っていたのか？」

「え……？」

「最近はともかく、一応婚約者なんだからそういうこともあっただろう」

ぼんやりと、ルイーゼは淡い記憶をたどる。

「そうですね。社交界デビューの夜会は、殿下にエスコートして頂きました」

デビューからしばらくの間、アランはルイーゼを様々な集まりへ連れ出してくれたのだ。いつの間にか、その場所はバルバラのものになっていたのだけれど。

「ダンスの自主練習は完璧にしていったのですが、いざ大広間に出ると緊張でガチガチになってしまって。そうしたら本当に最初のいちステップめで、アラン様の足を思いきり踏んでしまったのです。すっごく落ち込んじゃったので、よく覚えています。」

気持ちを奮い立たせようと敢えて明るく鉄板ネタを披露したが、笑ったのはルイーゼだけだった。

それどころかクライドは何故か機嫌でも損ねたのか、冷たい空気を発している。

「ダンスなんて好きに踊ればいいだろう。やっぱり夜会ってのはくだらないな。王都に行く気がます
ます失《う》せた」

吐き捨てるように言うけれど、きっとクライドはダンスもとても上手なんだろう。いや、たとえ下手だったとしても、クライドの踊り方が社交界の流行《はや》りになってしまうかもしれない。そんな流れを変えるくらいの、堂々とした力がある。

軽く目を閉じて、想像する。

煌びやかな光が降り注ぐ、王城の大広間。音楽が流れる中央に、正装で立つクライドの凛々しい姿。彼の隣でエスコートされる自分も思い描こうとしたけれど、そこで勝ち誇ったように笑う姿が容易に浮かぶのは、大きく膨らんだ可憐なドレスをまとったバルバラだ。

不意に、胸が引き絞られるように苦しくなった。

クライドとバルバラが結ばれる。それは、今まではただひたすらに恐怖だった。

しかし今は、少し違う。

恐怖よりも、寂しさとせつなさ、そして苦しさが込み上げてくる。

「クライド様が王都に足を踏み入れないなら、私たちは本来、出会うこともなかったのでしょうね」

「そうだな。君がボロをまとって無理やり乗り込んでこなかったら存在を知ることもなかっただろう」

「無理やりってことはないですよ。ちゃんと招き入れていただきました」

「よく言う。俺を誘惑してみせると、君が豪語してきたんだろう」

クライドは、かすかに笑った。

ごく自然な柔らかい笑みだ。そんな顔を見られたことが嬉しくて、同時に泣き出したくもなる。

まるでルイーゼが何をするのか分かっているかのように、クライドは何も言わない。

「クライド様」

ルイーゼは立ち上がり、首の後ろのドレスの結び目をほどいた。

先日と同じ、王都から持ってきた深紅のドレスだ。脇のボタンはあらかじめ外しておいたので、頼りのない柔らかな生地が、そのまますると身体から滑り落ちていく。

ドレスの下に付けているのは、コルセットではない。先日とは違う下着である。

透けるほど薄い黒のシルク地で、レースで縁どられている。胸当ての形も、貴族令嬢が通常使う胸全体を覆う形のものではなくて、ごくごく最小限の布地がルイーゼの豊満な胸を隠しきれていない。

同じ素材のショーツも同様で、絹のタイツを引き上げるガーターベルトと相まって、ひどく扇情的だ。

元々これは、アランの誕生日を祝う夜会が開かれた時、着ていくようにとバルバラから手渡されたものだった。

その時は催眠にかかっていたこともあり、なんて不思議な形の下着だろうと思っただけだったが、今こうして見ると、この世界の貴族令嬢の下着としてはあり得ないほどに卑猥である。バルバラは、前世の知識でこういうものをたくさん作らせていたのだろう。そして、攻略対象の男性キャラクターの好みに合わせて披露して、彼らを虜にしていったのだ。

幸い、その直後ルイーゼはバルバラに浴びせられた花瓶の水が元で高熱を出し、夜会に参加することはできなかった。もしもあのままこれを着て出席していたら、どんなことに巻き込まれていたのだろうか。

あの頃バルバラの素行に眉をしかめていた五大公爵家の当主の誰かにでも、ルイーゼをあてがうつもりだったのかもしれない。

こちらをじっと見つめるクライドの背後、窓にルイーゼの姿が映っている。

気の強そうなアーモンド形の目、お人形のように整った顔の造り。胸は丸く大きく、腰は折れそうにくびれている。白く透き通るような肌に映える、面積の少ない黒い下着がとてもいやらしい。

そんな姿を、どこか他人事のようにルイーゼは眺めていた。

「クライド様」

ゆっくりとテーブルを迂回して、ルイーゼは椅子に座ったままのクライドに近付いていく。

隣に立ち、タイを引き寄せてこちらを向かせると、彼の両脚の間に片膝を突いた。

「私を抱いてください」

つぶやいて、そのまま力任せにタイを引き、唇に口付けた。

クライドの唇は冷たく結ばれたままだ。折れそうな心を奮い立たせて、ルイーゼは、何度もそこに唇を押し付け、舌先でそっと隙間をなぞる。

やっと少しだけ開いてくれたその間に、濡れた舌を差し入れた。

さっきまで彼が飲んでいた珈琲の味がする。口内をたどるルイーゼの舌を、しかしクライドが絡め返してくれることはない。

キスをしたまま、身体を近付けた。

椅子に片膝を突き、一度唇を離す。見下ろす角度から、クライドと目が合う。

（ああ、とっても綺麗だわ）

青みがかった緑色の瞳。最初に見た時にも綺麗だと思ったけれど、切れ長で研ぎ澄まされた光には、そのまま吸い込まれそうだ。

（夕方に見た、狼の目に似ている）

この人に、食べられてしまいたい。

身体のすべてを余すところなく食べ尽くされて、余計なことなど何も考えられなくなるほどに。

そうすれば、ずっとこの場所にいられるのに。

視線をあわせたまま、その目元に唇を付けた。首筋に両手を当てて上向かせ、吸い取るように唇をあわせる。

「ルイーゼ」

クライドの瞳が光る。静かに、何かを見透かすように。

「そうやっていると、まるで本当の悪女だな」

「最初から言っているでしょう。私は正真正銘の悪女なのです」

下着の細い紐《ひも》を、片方の肩からはらりと落とす。クライドの両手を取って、こぼれ落ちた胸にいざなう。

「クライド様を利用してどうにか助かろうと思っている、浅ましい悪女なんです」

もう一度、冷たい唇にキスをする。

クライドの頬にあてた自分の爪の先に、わずかに土が残っているのに気が付いた。さっきの薬草店のものだろう。

不意に、どうしようもないような息苦しさが、ルイーゼの胸にこみ上げた。

違う形で出会いたかった。

前世の記憶なんてなくていい。貴族なんかじゃなくてもいい。この城で働くメイドでも、町の職人の娘でもいい。

ただ遠くからクライドのことを見つめて、クライドのために自分ができることを探して一生懸命働くのだ。

そんなふうに、出会えたらよかった。

合わせるだけの口付けからそっと離れると、見下ろすクライドの顔がにじんで見えた。

「クライド様、お願いです」

にじんで、ぼやけて。息を止めて、必死で決壊するのをこらえる。

「私に、欲情してください」

震える声を発した瞬間、腰がぐっと引き寄せられる。咬《か》みつくようにキスされた。

「んっ……」

熱量をぶつけられて、そのまま倍にして吸い取られるような口付けだ。痛いほどきつく抱きしめられたままの長いながいキスに、頭がくらくらとする。

どれくらいの時間が経ったのか、クライドはぷっと口を離し、濡れた唇を親指の腹でぬぐった。

「もう、とっくに欲情している」

切れ長の目が、ぎらりと光った。

「あっ、や、んっ……ふっ……ああんっ……」

窓際のソファの上。ルイーゼはさっきからずっと、卑猥な声を上げ続けている。

うつぶせで腰を突き上げた格好だ。信じられないほどに恥ずかしい姿勢のまま、下着は膝まで下ろされてしまった。

隠すことができない秘所をクライドの方に突き上げさせられ、その場所を先ほどからずっと、指で弄《いじ》られ続けている。

「んっ……くっ、……ふっ……ぁっ……クライド、さま……」

「ぴったり食いついてくる。どんどん溶けて吸い付いて、忙しいな」

指がぐぷっと中に入り、入り口の裏側をゆっくりと撫《な》でる。ぐちりと音が頭の中に響いてくる。けっして抑えることができない、いやらしい声が唇からあふれる。

「ほら、俺の名前を呼べ」

「……っ、あ、ああっ……クライドさ、あ、だめです、だめ、だめ、そこは……」

クライドの指先が、内側を擦ると同時に外側の敏感な突起までも摘まむ。反射的に跳ねる腰を抑えられて、逃げ場がない中、震える突起の先端を、容赦なく指先でくりゅりと回された。

「っ……!!」

ルイーゼの背中はびくんと反り返り、数秒間小刻みに震えると、そのままくたりと腰がソファに落ちてしまう。

「達したか、ルイーゼ。――もっとだ」

「えっ……ま、待ってください、クライド様……!?」

力が入らない両脚を引き寄せられ、またも腰が持ち上げられる。絶頂の余韻で充血したままの入り口が、ぐちゅりと広げられる。

「あっ、あっ……あああっ……」

たまらず大きな声が出る。ルイーゼは必死で身をよじらせて逃げようとするが、クライドの力はそれを許してくれない。

「ほら、逃げるな。俺を誘惑するんじゃないのか?」

「ま、待ってくださ、あっ、やっ……」

「変な下着だな。面積も少ないし寒すぎるだろう。まるで脱がされるためのもののようだ」

指が、奥の方までずるりと入ってくる。そのままクライドは身を乗り出して、押さえつけたルイーゼの背後から、耳元に低い声で囁いた。

「こうやって、男を煽るためだけに作られた下着ってわけか」

くちり、と耳たぶを舐められる。

「あ、こ、んな……あっ……ん、んんんん～～～っ……‼」

言葉にならない。何が何だかわからない。必死で返事をしようとしたが、充血した内側をこりこりと削られた瞬間、またも深く達してしまった。

身体が、くたりと崩れ落ちた。軽く痙攣《けいれん》を繰り返す。

「本当にこんな露出度の高い下着を持っていたとはな。王都ではこんなのばかり着けていたのか？」

「こ、これは、ただアラン殿下の誕生日の時に……」

力が全く入らない身体が、くるりと表に返された。

窓の外に、細い月が見える。それを背負ってこちらを見下ろすクライドは、銀色の髪が顔にかかり、軽く細めた目をぎらりと光らせている。薄い唇を舐めた。

「へえ、王太子のために？」

冷たい視線にぞくりとした直後、大きく開かれた両脚ははしたない角度に折り曲げられて、そしてその間の熱が止まらない場所に、クライドの顔が埋められた。

「っ……⁉　や、うそ、クライド、さま……⁉」

両手の指先で、そこが左右に剥きだされる。ありえないところに冷たい空気が触れる。月の光が明るいことを、こんなに恨んだことはない。

「クライド様……見ないでください、だめ、恥ずかしい。許してください……」

「どうしてだ？　君のここは、笑いたくなるくらいに綺麗だが」

「なに、や、やだ……」

くちゅり。濡れた感触が、きつく目を閉じたルイーゼにも伝わった。

瞼《まぶた》を跳ね上げると、ルイーゼの秘所に唇をつけるクライドの姿が目に映る。

「やっ、だめ、クライドさ……ふぅっ……」

泣いているような、怒っているような、悲鳴のような……はしたない声が、喉の奥で破裂する。

「クライド、さま、クライドさま……あっ、ふっ……ふあぁっ……」

ちゅくちゅくちゅっ……と、恥ずかしい音が部屋に響く。耳をふさぎたいのに、いつの間にか両手はしっかりと繋がれてしまい動けない。きつく目を閉じたルイーゼの秘所を、クライドの舌がたどっていく。

ぢゅち、と音を立てて入り口を強く吸ったと思ったら、閉ざされた隙間からぐちりと中に入ってきて、入り口の上のところをなぞられた。その瞬間、光が弾けたような刺激にルイーゼは腰を跳ね上げる。

「また達したか」

クライドは身を起こすと、剥《む》き出《だ》しになったルイーゼの胸に手を当て、先端をはじく。

「でも、まだ足りない。君のすべてを、俺の前に曝《さら》け出せ」

「そんな、これ以上は、私は……」

「本当に隠していることはないか？」

ぷるぷると首を振るルイーゼに、クライドは薄く笑う。

かちゃり。

首元に冷たく重い感触を覚えて、ルイーゼは閉じていた目を開いた。

金色の首飾りだ。

しっかりとした重量があり、緑色の石が入っている。

「これは……」

見覚えがある……どころではない。この十数年間、毎晩のようにそっと取り出しては見つめ、話しかけ、寂しい時には着けて眠ったことすらある。

バルバラの催眠にギリギリで自分を失わずにいられたのは、きっとこの石の輝きのおかげだ。

「宝飾店から買い戻しておいた。手放す瞬間、君はとても寂しそうな顔をしていたそうだな」

亡き母の遺したものである。

母と自分の瞳と同じ色の、南部で採れる石が入った首飾り。母が若い頃に買ったもので、もっと高価なものは他にもあったけれど、母もルイーゼも、これが一番気に入っていた。

屋敷の宝飾品がことごとくバルバラに奪われていく中で、これだけは土いじりの道具の間に隠して、どうにか守ってきたのである。

震える指で、その輝きに触れる。

これからどうなるか分からなかったから、少しでも現金を持っておきたかった。それに、マクダや城のみんなのために、できる限りの薬草を試したいと思ったのだ。

きっとお母様も許して下さるはずだと。何度も何度も考えて、やっとの思いで手放したのに。

「それを売って薬草を買ったのか。どうしてそこまでして」

クライドは一度言葉を切り、小さく首を振る。それからルイーゼの頬をそっと撫でると、優しく口付けた。

下唇をついばみ、今度は上唇。そして、ゆっくりとはみあわせる。

「ルイーゼ」

唇を離して、クライドはふっと微笑んだ。

「君は、とんでもない悪女だな」

「……っ……」

震えたルイーゼの唇をまたふさぎ、脚の間に割り入ってくる。

「この俺が、完全に籠絡された」

切れ長の瞳に真剣な色を宿し、ルイーゼの唾液で濡れた自分の唇を親指の腹でぬぐう。

「抱くぞ、ルイーゼ」

「クライド、さま……」

ぐちりと、秘所に硬いものが押し当てられる。すっかり蕩《とろ》けて潤み切ったその場所に、割り入ってくる。

「あっ……んっ……」

「ルイーゼ……」

圧力に思わず声を漏らしたけれど、すぐにクライドが入り口の突起を指先で撫でてくれて、きゅっと腰が跳ねあがる。

「っ……狭いな……すごく熱い……」

つぶやいて、クライドは荒く息を吐き出しながら、ルイーゼと指を絡めて手を繋ぐ。

そのまま両手をソファに縫い綴《と》じて、じりじりと奥へと入ってきた。

ルイーゼはきつく目を閉じて、息を漏らした。目の裏が熱い。

「ルイーゼ、俺を見ろ」

クライドが、かすれた声で囁いた。

「君を抱いているのが俺だと、ちゃんと目に焼き付けておけ」

涙で滲む視界の先、クライドが自分を見下ろしてくる。鋭角のピアスがきらりと光る。

「っ……あっ……」

体が開かれていく感覚を、ルイーゼは初めて覚えていた。

目の前の人から必死で隠してきたすべてのことが、簡単に明らかにされてしまうようだ。

「や、クライドさま、見ないで……」

おかしい。こんなことでは駄目だ。

心と体が開かれて、今までにない形で結びついてしまいそうな。

「お願い、あっ……見ないで……」

弱々しくかぶりを振るルイーゼを見下ろして、クライドはふっと息を吐き出した。

「……初めてだったのか」

奥へとぐちりと入り込み、しばらくじっとした後に、そこをゆっくり優しく、とんとんと小突き始める。

「あっ……あっ、んっ……んんっ……」

痛みがじわじわと変質していく。何かとんでもない、初めての感覚に変わっていく。

「ルイーゼ、大丈夫だ。怖くない。俺に任せておけばいい」

溢れだしてきたものが、二人の間でくちゅくちゅと音を立てる。

ゆっくりとゆっくりと慈しむように、優しく奥を開いて擦る。

「クライドさま……っ……」

ルイーゼは、必死でクライドにしがみつく。

「ルイーゼ……」

クライドはルイーゼを抱きしめて、長いながい、キスをした。

痛みと快楽は、似ているのかもしれない。境界線が、あいまいなのかもしれない。

それは、感情と同じだ。気付かぬうちに劇的に、裏と表がひっくり返る。

その先に何が待っているのか、今はまだ分からないとしても。

第四章　悪女と悪女

「ルイーゼ・ローレンは大切な客人だ。ランドルフ侯爵家として引き渡すいわれは一切ない。バルバラ・ローレンからの使者にはそう返せ」

翌朝早々に指示すると、イアンは眼鏡の奥でゆっくりと瞬きをし、恭《うやうや》しく一礼した。

「了解いたしました。そのように伝えます」

クライドは執務机の椅子に座り、使者が持ってきた手紙をもう一度開く。

――姉であるルイーゼが行方不明なのです。ローレン家の領地では見つかりませんでした。とても心配しているのですが、そちらに伺ってはいませんでしょうか。

この一年間送られてきたものと同様に、丸っこい筆致でそんなふうに始まる手紙は、心配する様子から、やがて姉がどれほどに恐ろしい悪女なのか、罪のないバルバラのことをいかに虐めてくるのかという訴えへと及んでいく。

最終的には、悪女・ルイーゼによってランドルフ城の人々が害をなされるかもしれない、私はそれが心配でならないのです、と結ばれていた。

手紙をぽんと机に置き、同封されていた包みを開く。

いつもと同じ小分けの袋に詰められた、華やかな花の茶がぎっしりと収められている。

「こちらが、ザシャから没収したものです」

一方、イアンがその隣に置いたのは、すりつぶした黄色い粉のようなものが入っている小さな麻の袋である。

「ザシャは口を割ったのか？」

「誰に似たのか強情でそうとうに頑張っていましたが、大奥様の体調に関わる問題だと諭すとやっと聞き出すことができました」

肩をすくめて、イアンは静かに続ける。

「やはり、ルイーゼ様から託されたそうです。ちなみに彼女は、バルバラ様から送られるお茶を二度と大奥様に飲ませないように医者に伝えてほしいと、繰り返し訴えていたということでした」

「俺に進言しても、聞く耳を持たないと思われていたんだろうな」

自嘲めいた笑みを浮かべ、クライドは小さな袋をいつくしむように手に取った。

「おばあ様には、いつもの茶は在庫切れだと伝えろ。それから領地中の医者と植物学者に使いをやって、バルバラの茶を解析させるんだ。ルイーゼに教えを乞うて、徹底的にな」

「は。ルイーゼ様の薬はいかがいたしましょう」

「それは、おばあ様に飲んでいただけ」

「よろしいのですか？」

「問題ない。ルイーゼの知識は信頼できる」

イアンはじっとクライドを見つめ、神妙に頷いた。

「了解いたしました。――バルバラ様の茶について、危険性に気付けず申し訳ありません」

「俺も毒見はしたんだ。おまえだけのせいじゃない」

「クライド様は、毒に対してかなり耐性がありますから」

それは、暗殺を警戒した祖父の意向である。思えばあの頃から、王都を信頼してはいけないと祖父は繰り返していた。

「イアン、王都のことをもっと知りたい。主立った家の財政状況や跡継ぎ問題、最近の嘆願書の裏付けも徹底的に」

イアンは姿勢を正す。

「ローレン伯爵家のことを、とりわけ深く調べさせろ。おそらく数年前に使用人の入れ替えがあったはずだ。辞めさせられた使用人を探し出して、話を聞け」

クライドの青緑の瞳が、追い打ちのように光る。

「それから一番重要なことだ。ルイーゼの身辺を厳重に護衛しろ。おそらくバルバラ・ローレンはこのままで納得はしないだろう。いいか、絶対にルイーゼを奴らの手に引き渡すな」

「仰せの通りに」

イアンが部屋を出ていくのを確認して、クライドは息を吐き出した。

どんな者にも絶対に、ルイーゼを傷付けさせはしない。

しがみついて嬌声を上げる柔らかな体。決死の覚悟を湛《たた》えた緑色の瞳。見上げてくる無邪気な笑顔と、笑い声。

全部全部、俺のものだ。絶対に誰にも渡さない……。


――真の王は、無欲なのかもしれないですね。


狼を見て、ルイーゼがこぼした言葉がよみがえる。

(無欲なんてのとは程遠い。こんな思いを俺が抱いていると知れば、彼女は)

自嘲めいた笑みを浮かべ、クライドは立ち上がった。

せめてルイーゼのためにできることを、一つでも多く形にしていくために。

＊

「え、引っ越すって、ここに……!?」

ルイーゼは呆然と辺りを見回した。

吹き抜けになったホールの床は磨き上げられた大理石で、ステンドグラス越しの光がまばゆく差し込んでいる。

優美な装飾が施された階段を上がっていくと、二階にはゆったりとした居間や蔵書豊かな書庫など、それぞれに趣向を凝らされた部屋が並ぶ。窓を開けると小さいが手入れの行き届いた専用の庭園までが広がっていた。

やたらと楽しそうなメイドたちに促されるままに荷物をまとめたルイーゼは、今まで暮らしていた北の塔から城の南側、一段高くなった丘の上へ移動をしてきたのだ。

マクダが暮らす南の塔から木立を抜けた先に建つこの館は白と青の外壁が美しく、小さな宮殿といった風情である。

「お城の敷地内に、こんなおとぎ話の舞台みたいな館があっただなんて」

「ここは特別な場所なんです。かつて、クライド様とお母様が王都から戻っていらした時に、お二人がゆっくり過ごせるようにと、先代のランドルフ侯爵が建てたのだそうですよ」

ロッテが、ルイーゼの耳元でそっと囁く。

「クライド様とお母様のために……」

道理で、この館には温かみと明るさがある。この場所で、クライドの母はきっと穏やかな最期の時間を過ごしたのだろう。

「でも、そんな大切な場所に私が居座ったりしていいのかしら」

そわそわするルイーゼに、ロッテたちは意味深な笑みを浮かべる。

「いいんですよぉ。二人で住むお屋敷ですもの」

「二人で……」

言葉の意味を噛《か》み締《し》めて、ゆっくりと頬が熱くなっていく。

「えっ、それって……」

「ルイーゼ様、こちらにいらしてくださいませ」

両手を引かれるようにして連れていかれた寝室には、明るい光の中鎮座する大きな天蓋《てんがい》付きのベッド。恥ずかしくて思わず目をそらしたルイーゼは、更にそこから繋がる隣室へといざなわれる。

「え……」

そこは、色とりどりの華やかな洪水だった。

壁に沿ってぐるりと並んだ移動式ハンガーやトルソーに、おびただしい数のドレスが掛かっている。すべて見たことがないような美しいシルエットで、布の透かしやレースの形、刺繍《ししゅう》の一つ一つに至るまでが精巧に作られたものばかりだ。

「ルイーゼ・ローレン様」

呆然としているルイーゼに、きびきびとした声が掛けられた。

「え、あ、はい！」

振り向くと、揃いのグレイの衣装に身を包んだ女性たちが並んでいた。その中から、黒髪をすっきりまとめた女性が一人、歩み出てくる。

「私どもは、シェラード公国でドレスを製作する工房を営んでおります。私はデザイナーの代表を務めるカロリン・ライスと申します」

「シェラード公国……！」

ルイーゼは息を飲む。

地図でしか見たことがないが、西の大陸に寄り添うように浮かぶ島国だ。

神代からの歴史と貴重な資源を持つ国だが閉鎖的で、限られた国としか国交を持たない。文化の発展も独特で、近年世界中から注目を集めていた。

「クライド・フォン・ランドルフ侯爵閣下より、ルイーゼ・ローレン様に似合うドレスを仕立てるようにとの依頼を受けて参りましたの」

「えっ」

「まずは見本をご覧くださいませ。お気に召す形がありましたら、それをルイーゼ様のサイズで仕立てさせていただきますわ」

口元に指先を当てて、カロリンはルイーゼの頭の先からつま先までをじっと見た。

「この王国で……いえ、大陸で初めて私たちのミューズとなる方。ただ美しいだけかと思っておりましたら……」

黒い瞳が徐々にらんらんと輝き始める。ぽかんとするルイーゼの髪に手を伸ばして摘まみ上げたのは、小さな黄色い一片の葉だ。ついさっきまで中庭の木の下で草を摘んでいた時に付いたのだろうか。

顔を赤くするルイーゼに、カロリンはにんまりと笑った。

「聞きましたよ。土いじりが大好きで、虫や薬にも詳しいと。ランドルフ侯爵に会うために、たった一人で北部に乗り込んできたそうですわね」

「え、えっと……」

「ランドルフ侯爵からは、ルイーゼ様に似合うものを好きなだけ仕立てるようにと言われておりますの。まずは普段着られるドレスからですわね。大丈夫、美しさと機能性、どちらも重視いたしますわ。その次は、舞踏会や夜会のドレス。ぱきっと明るい色もあなたなら負けませんが、淡い色合いも素材次第です。あと申し訳ありませんが、その化粧もどうにかしましょうね。極上の素材を究極の味付けで……すべて私どもにお任せくださいませ」

早口にまくし立てた後、カロリンはにっこりと微笑んだ。

「ご安心なさいませ。予算に糸目は付けないとランドルフ侯爵はおっしゃっていましたから」

ルイーゼの背を、満面の笑みを浮かべたロッテたちが、がちりと押さえる。

「いいですわね、ルイーゼ様！　この屋敷には大きな浴室もあるのです。まずはお体をつやっつやに磨き上げましょう！」

そしてその日の午後をいっぱいに使い、ルイーゼはまばゆい光に埋もれるように、身体を測られ梳《と》かされ削られて、磨かれまくって過ごしたのである。

＊

「そうか、それは大変だったな」

その日の夜、屋敷で共に食事をしながら、クライドは笑いをかみ殺したような顔をする。

対するルイーゼはツヤツヤだ。

髪にも身体にもかぐわしい香油を塗りこまれ、編み込まれて一つにまとめた髪はかつてないほどにしっとりとし、ぷるぷるに潤った肌は乳白色に輝いている。

全て、ロッテたちメイドチームとカロリン率いるシェラードチームの連携プレイの賜物《たまもの》だ。

――ルイーゼ様を思う存分贅沢に磨き上げたいと、ずっと願っておりました！　念願かなってロッテは感無量です‼

ロッテの感慨深げな様子を思い出すと、自分がここに来てから見た目に対してどれだけ無頓着だったのかを思い知らされて、さすがに恥ずかしくなってしまったのだが。

「私はただ座っていただけなので、大変ということはありません。だけど、ただただ驚きました。まず、シェラード公国の生地はとても薄くて滑らかで、なのにとっても暖かいのです。いったいどうやって織っているのでしょう」

「それを明かしてくれないんだ。どの国も知りたがっている」

食事は、専属のコックが腕を振るってくれた。そして準備が整う頃、城からクライドが現れたのである。

「それも、この部分は絹ではなく綿だとおっしゃるのです。南部の領地でも綿花は扱っていましたが、こんなになめらかな織り方があるなんて。染色技術も気になりますが、形への工夫も素晴らしいのです。シェラード公国では活動的なドレスが人気らしく、華やかなのに、実は機能的な工夫がこらされていて」

「気に入ったか」

ルイーゼは思わず身を乗り出す。

「はい、とっても。……あ、でも、いくら何でも作りすぎです。贅沢が過ぎます」

「気にするな。どんどん新しい服を作ればいい」

クライドは、珈琲を飲みながらこちらをじっと見つめてくる。

「今着ているのも、とても似合っている」

ルイーゼがまとうのは、上半身も下半身もタイトな淡い水色のドレスである。全体のシルエットはシンプルだが肩にスリットが入って動きやすく、丸く深めに開いた首元には、大ぶりの首飾りがよく映える。布地は薄いものの、暖かく滑らかでとっても着心地がいい。

「だけど、身体はひとつです。無駄遣いの必要はありません」

「この間話した西の大陸の内戦で、シェラード公国も被害を受けた。公国は俺に条件付きで支援を求めてきたんだが、あのカロリンという筆頭デザイナーが中々の曲者《くせもの》でな。取引が滞っていたんだ」

「カロリンさんが？」

「ああ。大陸には自分たちのドレスを着こなせる女性はそういませんから、などとすげなく言うばかりで俺も公国も手を焼いていた。しかし、さすがの彼女も君の面白さには惚《ほ》れこんだようだな」

「……面白さ？」

「このまま契約がうまく締結できれば、この国どころか大陸全土におけるシェラード産の服飾流通の窓口をこのランドルフ家が担うことができる。大きな取引だ」

ルイーゼは、デザートのカスタードプディングをこくんと飲み込んだ。今日一日のまるでお姫様になったような体験に戸惑っていたのだが、これはランドルフ侯爵家の事業の一環だったのか。

「私がお役に立てるのなら、とっても嬉しいです。シェラード公国のドレスは、きっと大陸中で話題を独占すると思います」

「ああ。しかし言っておくが、それは建前だからな」

クライドの瞳と視線が合って、胸の奥がきゅっとなる。

数日前初めて抱かれて以来の、二人きりの夜である。

意識しないようにしていたのに、そんなに見つめられたら思い出してしまう。耳が、唇が、身体のすべてがクライドの感触をまざまざと浮かび上がらせて、視線の中で裸に剥かれていくようだ。

「取引を成立させるために君の魅力を利用したが、それだけじゃない。俺は、君が綺麗なドレスを着ているところを見たいと思っているし」

クライドは椅子に肘をつき、ニヤリと笑った。色気は暴力だ。身じろぎすることもできなくなる。

「そんなのどうでもいいから脱がせたいとも思っている」

「クライドさま……‼」

くくっ、とクライドは楽しそうに肩を震わせる。

「君は本当に面白いな。容貌が整っていることではおそらくこの国で一、二を争うだろうが、とてもそうは思えない表情をするところがいい」

「……本当にクライド様は、褒めているように見せかけて実は全然褒めていないっていうのがお上手ですよね？」

「言っただろう、俺としてはいつだって最上級の褒め言葉のつもりだが？」

軽口をたたき、クライドはまた笑う。

無防備なその笑顔は心を許してくれているようで、ルイーゼの胸を熱くして……そして、キュッと掴むのだ。

（ここにこうやって、クライド様のすぐ側で、ずっと一緒に居られたら、どんなにいいだろう）

ルイーゼと、クライドの目が自然に合った。

ドキン。

鼓動が一層高まった瞬間、震えたスプーンの先からプディングがポロリと落ちてしまった。

「あっ……！」

落ちた先は、膝の上に広げたナプキンの中央だ。新しいドレスが汚れずホッとしたが、伯爵令嬢のマナーとしては失格だろう。

「申し訳ありません、失礼いたしました……」

クライドは口元をナプキンでぬぐい、ふっと微笑んだ。

「いや、大変だな。すぐに綺麗にしよう」

ナプキンをテーブルに軽く投げると立ち上がる。何が何だか分からないうちに、ルイーゼの身体は軽々と抱き上げられていた。

「ク、クライド様……!?」

「安心しろ。俺がちゃんと洗ってやる」


「あっ……や、んっ……」

パチャン、と湯が跳ねる。

屋敷の浴室に二人はいた。広々とした浴槽は、温かな湯で満たされている。

いつの間にこんな準備をしていたのかと戸惑うルイーゼをよそに、クライドはさっさと自分の服を脱ぎ捨てた。湯気の中に浮かび上がる、鍛えられた美しい裸体から思わず目をそらしたうちに、ルイーゼも簡単に脱がされてしまう。

浴槽の中、クライドは、泡立てた石鹸《せっけん》でルイーゼの身体を洗っていく。

当たり前のように、自分の両手を直接使って。

「クライド、さま、くすぐったい……」

大きな二つの掌が、ルイーゼの身体をあますところなく撫でていく。細いわき腹をくすぐるように優しく滑り、胸のふくらみを持ち上げると手の中でぷるぷると揺らして、先端をきゅっと摘まむ。

「そこにつかまっていろ」

言われるままに、浴槽のへりに手を付いた。その身体に後ろから覆いかぶさるようにして、クライドはルイーゼの身体を両手で弄び続ける。

「あっ、っ、あああっ……」

手が震えて、立っていられなくなる。

「だめだ。洗っているんだから、ちゃんと掴まってろ」

「だって、こんなの、無理です、クライド様っ……」

後ろから両方の胸をタプタプと揺らして、クライドはルイーゼの耳朶《じだ》に口付ける。

「あっ……！」

そのまま下りてきた手が、熱く火照った脚の間に辿り着き、そこを前からくちくちと擦り上げた。

剥き出しにして、敏感なところをつんつんといじる。

「あっ、だ、だめ……‼」

「駄目じゃないだろう、ここはもうこんなに充血して可愛いのに」

甘い声で囁いて、クライドはルイーゼの首を後ろ向かせて口付ける。そのまま声を飲み込むように深く唇をあわせながら、ルイーゼの中へと指をくちゅりと埋める。

とろりとあふれたものが、石鹸の泡と混ざって脚の間から滴り落ちていく。

震える指先で、ルイーゼは浴槽を掴みなおした。

「んっ……はっ、ああっ……クライドさま、意地悪、言わないで……」

「意地悪？」

「いつもいつも、意地悪ばかり……」

クライドは心外そうに両眉を上げ、大真面目に頷いた。

「そうか。それじゃあ存分に優しくしてやろう」

ぐちゅぐちゅぐちゅ、と卑猥な音を立てながら、指がゆっくりと出し入れされる。

「あっ、あっ、ああっ……」

背中にそっと唇を当てられて、そのまま後ろから優しく体を包み込まれた。

「可愛いな、ルイーゼ。気持ちいいか」

「んっ……だ、だめ……あぁっ……」

頂点に達しそうになる。その直前で、指をくちゅりと抜かれてしまった。

「えっ……」

「刺激が強すぎると可哀想だからな、今日はもう少しじっくりしよう」

もどかしく震えるルイーゼに、クライドは熱い息を吐き出し不敵に笑う。

「ほら、力を抜け」

すっかりほぐされた入り口に、ゆっくりとクライドが入ってきた。

湯と石鹸と、そしてどちらのものかも分からない程に溢れた液体で二人の粘膜がぐちゅりと擦れる。

「クライド様、ああっ……」

震える身体の奥の奥まで擦られて、ルイーゼはついに浴槽の縁から手を滑らせる。

倒れ込みそうになった身体を、クライドは背後から軽々と抱え上げた。

「ルイーゼ、大丈夫だ。俺に身体を預けておけ」

ささやいて、とんとんと中を突き上げる。豊かな胸が大きく揺れ、ルイーゼの脚は既に床から浮いたまま、その場所だけでクライドと繋がっていた。

ぐぐ、とルイーゼの身体の重さ分、クライドがさらに奥へと入ってくる。奥へ、奥へと。

「あぁあっ、クライドさま、だめ、駄目です、壊れちゃう……」

クライドが荒々しく息を漏らす。

「ルイーゼ、こっちを向け」

繋がったまま、向きを変えられた。あまりの刺激と浴室の熱で、もはや半分意識が飛びかけているルイーゼを正面から抱き上げた。

「クライド、さま、クライド様……」

ひたすらに繰り返しながら、ルイーゼはクライドを見上げる。

青みがかった銀の髪が濡れて、額にかかっている。常に冷たく余裕をたたえた青緑の切れ長の瞳は、今は熱を帯びて、ルイーゼだけを映している。

「クライド様、ぎゅっとして……」

夢中で両手を伸ばしたルイーゼを、クライドがかき抱いてくれる。

二人の肌が擦れ合って、互いの熱を伝えあう。

激しく突き上げながら、クライドはルイーゼに口付けた。

強く強く、抱きしめて。二人の境界線がそのまま分からなくなるほどに。


ふんわりと目を覚ますと、いつの間にか柔らかなベッドに横たわっていた。

窓の外の空は、夜明けの色に染まっている。

「あ……」

身を起こすと、自分が何も身につけていないことに気付いて頬が熱くなった。

昨夜、浴室で立て続けに果てたあと、抱きかかえられて寝室に運ばれ、そしてベッドの上でもまたゆっくり時間をかけて抱かれたのである。

「きゃっ」

見下ろした自分の身体には、胸元から腹部を経て、太ももの付け根まで、至るところに赤い痕が残っている。確認はできないが、この調子では背中や首元にもきっと付いているに違いない。

「起きたか」

隣の部屋から、クライドが入ってきた。既に紺色のトラウザーズを履いて、シャツのカフスボタンを留《と》めながらルイーゼを見る。

朝からクールな美形ぶりを見せつけるクライドに対し、自分だけがあられもない姿のままだと気付き、ルイーゼは慌ててブランケットをかぶった。

「仕事があるからもう行くが、君はもう少し寝ているといい。昨夜は結構無理させたからな。散々可愛い悲鳴を上げて、喉が嗄《か》れているんじゃないか？」

「クライド様‼」

思わず咎《とが》める声を上げると、クライドは予想をしていたかのようにふっと笑った。憎らしい笑顔だ。

胸をキュッとさせる、とっても憎らしい笑顔。

「こんなにたくさん痕を付けられては、困ってしまいます」

「困る？　なんでだ？」

しらばっくれた顔がまた憎い。どんな表情をしても、格好いいのもまたズルい。

「だって、恥ずかしいです」

「首元が詰まった服を着ればいい。そもそも昨夜のドレスの胸元は少し開きすぎだったな。誘っているとしか思えなかった」

「そんなつもりはありませんでした！」

クライドはふっと笑う。

「そうか。無意識に俺をその気にさせるとは、さすが本物の悪女だな」

機嫌のいい声で言って、部屋の出口へと向かう。

「落ち着いたら朝食を持ってこさせるといい。今日はゆっくりと休んでいるんだな」

ブランケットを被ったまま、ルイーゼはその後ろ姿を見送った。

虚を突かれたような気がして、とっさに動けなかったのだ。


――さすが本物の悪女だな。


その言葉が、しんとした部屋の中にぽつんと残されている。

クライドを誘惑するために、ここに来た。

すべては、凌辱エンドを回避して生き延びるためだった。ささやかで平和な余生を送るためには、攻略対象キャラクター最後の砦であるクライドを誘惑して、彼がバルバラのハーレムに入ることを防がねばと思ったからだ。

そして今、クライドはルイーゼに興味を持ってくれている。たっぷりと時間をかけてむさぼって、慈しんでくれるほどに。

「私、クライド様を……攻略できてしまったの？」

体中から力が抜けていくような感覚の中、ルイーゼはただ呆然と閉ざされた扉を見つめている。

クライドを攻略した。文字通り、攻略だ。最初の狙い通り、身体を使って籠絡したのだ。

――身体だけを、虜にしたのだ。

その証拠に、クライドはただの一度もルイーゼに「愛してる」などとは告げていない。

甘やかに抱いて、きわどい言葉を紡いで笑って、だけど決して、愛の言葉を囁くようなことはないのだ。

「私、本当に……悪女の適性があったのかな」

凌辱エンドを回避できたのかもしれない。この世界で、平和に生きていけるのかもしれない。

そう考えると、心の底からほっとする。だけど。

（悪女、か……）

ずっと願っていたことなのに、改めてクライドにそう言われると心がぽっかりと空洞になったように思ってしまう。

（私は本当に、悪女なのかもしれない）

だってこんなにも我儘《わがまま》で勝手で、そして、とんでもなく欲ばりなのだから。

「まあ、ルイーゼさん。このお茶とっても美味しいわ」

「実はこれ、このお城の庭に咲いていた花なんですよ。ザシャさんとお茶にしたんですけど、お口に合ってよかった」

ポットからお茶をつぎ足しながら、ザシャが得意げに頬を染める。

ベッドに起き上がったマクダは、あらまあと目を細めた。

「この色は、もしかしてヒネカの花かしら？」

「はい。玉草科の花は、少し乾燥させるととてもいい香りが立つのです。気に入っていただけて嬉しいです」

*

ルイーゼは、毎日マクダの元に顔を出すようになっていた。

カミヒクルの根から作った毒消しを託したザシャから、一緒に来てほしいと頼まれたのだ。

——ごめんなさい。僕がルイーゼ様にお願いされたこと、クライド様にもばれてしまって。そうしたら、こそこそする必要はないって。

クライドはマクダの担当医にも指示を出し、バルバラから届けられた茶をすべて撤去させていた。

（クライド様が、私を信頼してくれているのは嬉しい。でも、だからこそ）

自分は、バルバラの罪を証明しなくてはいけない。

担当医をはじめ北部中の医者も、北部一高名な植物学者すらも、カミヒクルとカラミナについての知識はないということで、マクダの病状と茶との因果関係を、真の意味で裏付けることはできていないままなのだ。

（それに、このままでは薬がたりないわ）

不安な気持ちで在庫の残りについて思いを馳せていたルイーゼは、マクダが優しい瞳で自分を見つめていることに気付き、慌てて笑みを浮かべる。

「昨日の夕方ね、クライドが顔を出してくれたのよ。あの子は相変わらず忙しいのね。だけど、一時期よりも眉間の皺《しわ》が薄くなっていたわ」

ここよ、ここ。と、マクダは自分の眉間を撫でる。

「本当に、おじいさんにそっくり。おんなじ深さの皺を刻んじゃって、心配していたのよ。皺が薄くなったのは、ルイーゼさんのおかげかしら」

「えっ……」

うふふ、とマクダは笑いながら、ザシャが切り分けた木の実のパウンドケーキを口に運ぶ。

「ルイーゼさん、クライドは分かりにくいでしょう。意地悪されていない？」

驚いて、ルイーゼは勢い良く首を横に振った。

「とんでもありません。意地悪なんて、そんな……ちょ、ちょっとだけです」

あらまあ、とマクダは少女のように笑った。

「あの子の祖父は、とても強い人だったわ。そしてきっと、あの子は自分の母を、弱い人だったと思っている。クライドは、早い時期からこの北部を背負う覚悟を持たなくてはならなかったでしょう。弱いところがないことが、強さだと思ってしまったのね」

ザシャが、小さく首をかしげる。マクダは、優しく彼の金茶色の髪を撫でた。

「昨日、クライドがルイーゼさんのことを話してくれたわ。あの子のあんな柔らかい表情、久しぶりに見たのよ」

ルイーゼは、もう一度首を振る。今度は、さっきよりも勢いが出なかった。

「私は、ただ……クライド様に、ここにおいていただいているだけで……」

悪女として、強引にクライドを籠絡したのだ。誘惑して、無理やり懐に入り込んだのだ。

クライドも、マクダも。この城の人たちは知らない。

自分が、王都でどんなに悪辣な毒婦として振舞っていたかを。

思わせぶりな態度で傷つけた男性もいるし、女性に対して心無い言葉を投げつけたことだってある。

ドレスや宝石を買うために、ローレン伯爵家の代々の財産もことごとく食いつぶしてしまった。

すべてバルバラに操られての行動だったと自分に言い訳をしてきたが、しかし間違いなく、このルイーゼ・ローレン自身がしてきたことなのだ。

この世界で、薬草を愛して十九歳まで静かに生きてきた自分。バルバラに操られてきた、悪夢のようなこの数年間。そして取り戻した前世の記憶と、悪女としてクライドを籠絡したこの北部での日々。

一体どれが本当の自分なのか分からなくて、時々無性に怖くなるのだ。

ぽんぽん、と、マクダがルイーゼの頭を撫でてくれた。

ああ、懐かしい。誰かにこんなふうに撫でてもらうのは、一体いつぶりだろう。ルイーゼはそっと目を閉じる。

「あの子も小さい頃は泣き虫でね、こうやってよしよししってしたものよ」

今のクライドからは、とても想像ができない姿だ。

だけどクライドは、涙を冷たい風に流して、凛《りん》と立つようになっていったのだろう。

そうやって、祖父から受け継いだこの北部を守ってきたのだ。この土地で、強い風に煽られながら、領地に暮らす人々のために、強く、まっすぐに立ち続けた。

窓の外の灰色の空から、はらはらと雪が舞い降りてくる。

「そろそろ積もりそうね」

マクダの肩に、ザシャがそっと上着を掛けた。

＊

「ルイーゼ様、貝のオイル煮が出来上がりました！」

トレイを抱えたロッテの明るい声が、広間に響く。

彼女の後ろには、騎士隊員たちがさらに大きな鍋を抱えて続いてくる。

「ありがとうロッテ。さあみんな、どんどん詰めていっちゃいましょう！」

城で一番広いこの部屋は、今や作業場となっていた。

次々と運ばれてくる料理を、使用人総動員で缶詰にしているのである。

「ルイーゼ様に頂いた香草を混ぜ込んだら、とても香りが良くなりました。食欲をそそります」

「本当ね。これなら時間が経っても香りも楽しめそうだわ」

中に詰めるのは、この街の港で採れる新鮮な魚介類を使った料理である。ルイーゼが厳選したハーブを混ぜて調理することで、長期保存してもにおいが気にならなくなるだろう。その分調理法の幅が広がった料理をぎっしりと詰めた缶たちが、部屋の一画に運び込んだ機械で次々と蓋をされていく。

「お城の料理を缶詰にできるなんて、俺たちも冥利に尽きますよ」

ガシャンガシャンと規則正しい音の元、缶詰を量産しながら職人たちが笑う。

城下の工房にもう一度缶詰作りの様子を見に行きたいとクライドに相談したところ、ルイーゼが街に出ることを何故か渋ったクライドは、代わりに工房ごと城内へと誘致してくれたのである。

結果これが功を奏し、ちょうど冬支度をしていたランドルフ城総出で缶詰を製作することになった。

今では、ランドルフ騎士隊の隊員たちまでが仕事の合間に手伝ってくれている。

「新しい缶、運んできたぞ‼」

賑《にぎ》やかに台車を押して出入りしているのは、かつてザシャと反目し合っていた少年たちだ。作業場を覗き込んでいるところをルイーゼが仲間に引き入れたのだが、今や立派な戦力である。

「あら、ありがとう。それじゃあ今度は、蓋をした缶を中庭に運んでくれる？」

中庭では、殺菌のための加熱作業を行っているのだ。

「重いけれど、あなたたちに運べるかしら」

「大丈夫に決まってるだろ‼　俺たちはいい子だからな！」

わちゃわちゃと騒ぎながらも、少年たちはフットワーク軽く動き回る。大人と同じように役割が与えられて、張り切っているのだ。

「ルイーゼ様、瓶詰と缶詰はどう違うんですか？」

隙間なく詰めた魚の水煮にオイルを流し込みながら、ロッテが首をかしげる。

「大違いよ。鮮度を維持する長さはもちろんだけれど、瓶詰は持ち運ぶ時に割れてしまうでしょう。いろんな種類の缶詰があれば、長距離の移動に新鮮な食べ物をたくさん携帯することができる。そうすれば、ずっと遠くまで旅ができるわ」

南部の国境からは、東の国へと広大な砂漠が広がっている。もちろんこの街の港から出る船も同じだ。この缶詰があれば、クライドはさらに遠くの異国とも取引ができるようになるだろう。

「この缶詰一つが、商業や文化の発展にも繋がっていくってことよ。王都や南部では、食べ物を保存するという発想自体がないから、缶詰を作れることは、絶対に北部の力になるわ」

そういえば、今年の南部の穀物収穫は、例年に比べて振るわなかったと王都でも話題になっていた。

これからは、ここで作る缶詰や瓶詰は王都や南部でも需要が高まるのではないだろうか。

「ルイーゼ様の話を聞いていると、北部って悪くないのかもって思えるから嬉しいです」

缶詰に貼り付けるラベルに文字を書きながら、ザシャは笑った。

「王都や南部は冬も外で遊べるっていうし、ちょっと羨ましかったんですけど」

「分かりますわ。芸術や情報も、結局王都が最先端って思っちゃってましたよね」

メイドのメグが大きく頷く。毒虫に刺された傷はすっかり完治して、細かい作業もお手のものだ。

「だけど、クライド様が当主になって下さってから北部は本当に豊かになったのよ。王都への街道も整備されたし、異国との通商が自由にできるからと、国中からこの街に集まってくれる人が増えたの。あと数年もしたら、こっちが王都になっちゃうかも」

年かさのメイドの言葉に、みんなは作業しながらにぎやかに笑う。

(本当に、そういうことがありうるのかもしれない)

ルイーゼが出てくる頃、王都は明らかに勢いを失いかけていた。それに気付いたのは北部に来て、この街の放つ活気を浴びたからだ。

「あとは、クライド様が身を固めて……お子でもできれば、北部は安泰ですよぉ……?」

大きめの独り言を投じたロッテが、にんまりと笑う。

「そうですよ、大奥様の体調も以前より安定してきていますし？」

「結婚式には、シェラード公国のものすごいドレス、作って頂きましょう？」

若いメイドたちがきゃいきゃいとはしゃぎ、年かさのメイドたちも意味深に笑いながらルイーゼを見る。

最近、彼女たちからの圧が非常に強い。

南の屋敷に居を移してから、クライドは忙しい間を縫ってほとんど毎日、夜をルイーゼと共に過ごすようになっていた。

クライドとの時間は心地いい。

食事をしながら一日の話をし、軽口をたたくのも楽しい。笑顔の頻度も確実に増えた。

（クライド様のことを、もっともっと知りたい）

しかし、クライドは食事を済ませると、すぐにルイーゼに口付けて、決まってその後はじっくりと、長いながい行為に夜を費やしてしまうのだ。

食事の時間に間に合わない日も、ルイーゼが眠りにつくギリギリに帰ってきて、貪るように行為に及ぶことすらある。

行為自体には、最近はだいぶ慣れてきた。いや、むしろルイーゼの身体はみるみるうちにクライドの手の中で花開かされて、新しい感覚を日々目覚めさせられている。自分でも少し怖いくらいだ。

だけど、やはり思ってしまう。

クライドがルイーゼとの関係で一番重視しているのは、身体の繋がりなのではないだろうかと。

行為の最中、クライドはたくさん褒めてくれる。可愛いと、綺麗だと、あとは（恥ずかしいけれど）敏感に反応することすらも、たっぷりと褒めてくれる。

クライドはルイーゼの身体に惚れこんで、ただ耽溺しているだけなのではないだろうか。

（やっぱり、私に悪女の才能がありすぎるから……）

クライドは今でもたったの一度も、ルイーゼ自身のことを好きだとか愛しているなどと言ってくれたことはないのだから――。

ハッと気付くと、皆がこちらを心配そうにのぞき込んでいる。

楽しそうに話をしていたメグやロッテが、申し訳なさからか泣きそうな顔になっていた。

慌ててごまかそうとした時、周囲の変化が理解できずにきょとんとしていたザシャが、ルイーゼの背後を見て緊張した表情を浮かべた。

「父上……！」

「ルイーゼ様、宜《よろ》しいですか」

落ち着いた声に振り向くと、ランドルフ家の家令であるイアンが立っていた。

作業机に積み上げられた缶詰の山に驚いた表情を見せながらも、イアンはルイーゼを部屋の片隅へといざなった。

資料の間に挟んだ、小さな麻袋をルイーゼに渡す。

「こちらの薬草ですが、北部中の薬草院と異国の商人、植物学者にも問い合わせましたが、やはり取り扱っている者どころか、この薬草を知っている者もおりませんでした」

マクダの治療に有効な、カミヒクルの根である。

「無理もありません。元々は南国の植物らしいので、王都でも扱いはないと思いますから」

イアンは肩を落とした。

「大奥様の治療には、これはやはり必須なのでしょうか」

「中毒症状だけなら、お茶を飲まずにいれば、時間はかかりますが毒素を抜いていくこともできます。ただ、この根があれば回復を助けることができるかと」

毒素は体のあらゆる機能を弱らせる。体力がある若者ならともかく、マクダは高齢なのだ。更にこれから、厳しい冬を乗り越えなくてはいけない。

「今ある分だけでは、やはり足りないのでしょうか」

イアンは、広間の中央に視線をやって声を落とした。

ザシャやロッテたちが、作業をしながら笑っている。

彼らはみんな、この城を長く支えてきてくれた優しい大奥様、マクダのことを心から慕っているのだ。

「せめてあと少し、王都の屋敷に保管している分さえあれば……」

ルイーゼは、手の中の麻袋を握りしめた。

＊

「ルイーゼ、君が贈ってくれた剣帯だけど」

アランに話しかけられたのは、王城の庭園だった。

その日、ルイーゼは久しぶりに王妃イザベラのお茶会に招待されて、幸せな気持ちで王城に着いたところだった。最近は、心許せる使用人もバルバラによってすべて解雇されてしまった。社交界でささやかな交流があった令嬢たちも、ルイーゼの噂を嫌悪して近付いてきてくれない。

日々孤独を募らせていたルイーゼにとって、王妃の誘いは心浮き立つ出来事だったのだ。

「はい、騎士団の叙任式で、殿下が演武を披露されると伺いましたので」

剣を吊《つ》り下《さ》げるために腰に巻く剣帯に刺繍を施すことは、妻や婚約者の特権である。

ルイーゼは刺繍が得意なわけではなかったが、婚約者になってからというものアランのために毎年新しい剣帯を用意してきたおかげで、最近はだいぶ慣れてきた。特に今年のものは、王家の象徴である白百合《しらゆり》の花を刺したのだが、かなり上手にできたと満足していたのだが。

こちらを見つめるアランの目は、ひどく冷たい。いや、ここしばらくずっと冷たいのだが、今はそこに、侮蔑の色すら感じられる。

「どうか、されましたでしょうか」

「聞いたよ、ルイーゼ。君はこの二年間、あの刺繍をバルバラにやらせていたそうだね」

アランは口の端を歪めた。

「がっかりだよ。最近上手になったと思ったら、バルバラの手柄を横取りか」

アランの背後に隠れて、バルバラがこちらを窺っていることにやっと気が付いた。

動揺を押さえつけ、ルイーゼは首を横に振る。

「そんなこと、アラン様……あれは、私が、ちゃんと自分で」

「お姉様、ごめんなさい。私のハンカチの刺繍と剣帯の刺繍が似ていること、アラン様の目は誤魔化せなくて……」

刺繍入りのハンカチを握りしめたバルバラが、ルイーゼの声にかぶせてくる。

そのハンカチも、ルイーゼが練習のために刺したものではないか。そう指摘しようとしたけれど、唇が動かない。

上目遣いにこちらを見る、バルバラの瞳が紅く光っている。

――黙っていろ。

頭の中に低く暗い声が響き、ルイーゼの唇は上下が張り付いたかのように、動かすことができなくなる。

バルバラが、花びらのような唇を醜い笑みの形に歪めた。

何も言わなくなったルイーゼに、アランは蔑むような視線を浴びせる。

「とにかく、もう二度と君からの贈り物は受け付けない。不愉快だから今日は帰れ。母上のお茶会には、代わりにバルバラが出るからな。君がしたことも、母上にはちゃんと報告しておく」

背を向けて去っていくアランに、バルバラが続いていく。

――待ってください、アラン様。

喉の奥、ルイーゼは必死で繰り返す。

――話を聞いて下さい、アラン様。王妃殿下のお茶会に、どうか参加させてください。ずっと楽しみにしていたのです。どうか、どうか、

「アラン様、待って……‼」

自分の声で、パッと目が開いた。

喉がカラカラに渇き、心臓が激しく音を立てている。鮮烈な夢だった。まるで過去に戻ってしまったかのような。

「ルイーゼ」

「申し訳ありません、クライド様。大丈夫です……ちょっと、昔の夢を見て……」

両手で口元を覆い、何度も深呼吸をする。

クライドが起き上がり、ベッドサイドの水差しから水を汲《く》んでくれた。

スライスした柑橘《かんきつ》を浮かべた冷たい水を喉に流し込むと、やっと呼吸が楽になった。

「昔の夢？　一体どういう……」

言いかけたクライドは、ルイーゼの顔色を見て口を閉ざす。よほど青ざめているのだろうか。額をぬぐうとひどく汗をかいているのが分かった。

ルイーゼが王都を出てから、もうすぐ二か月。

最初こそ不安で仕方なかったが、今はここが自分の居場所だったのだと思うほどになっている。

マクダといると心が癒《いや》されるし、異国から来た人々の話はワクワクするし、カロリンの作ってくれるドレスは見事だし、ロッテやザシャと色々な工夫をしながら冬支度をするのは楽しい。

そして、何よりも。

「ルイーゼ」

クライドが、震える身体を抱き寄せてくれた。

彼の胸に頬を寄せ、ルイーゼはそっと目を閉じる。確かな鼓動が伝わってきて、心のざわめきが収まっていく。

ああ、今なら言える。

しばらくの静けさの後、ルイーゼはゆっくりと目を開く。

「クライド様。私、王都に戻ろうと思うのです」

ルイーゼの背を撫でていたクライドの手が、ぴたりと止まる。

「……なぜだ」

「ローレン家の屋敷に、薬草や薬の材料をたくさん残してきてしまいました。それらを回収して、すぐに戻ってまいりますから」

「場所を教えろ。使いをやって持ってこさせる」

「私にしか分からない場所に隠してあります」

そっとクライドの手から離れて、まっすぐに顔を見上げた。

「マクダ様の治療に必要なのです。今の季節は、南部でも採ることはできない。私はそれを、乾燥させてたくさん保管しています。お願いです、クライド様」

クライドは、黙ったままルイーゼをじっと見つめる。

ルイーゼも視線をそらさずに、まっすぐに見つめ返した。

「……分かった」

長い沈黙の後、クライドはゆっくりと頷いた。

ほっと緊張を緩めたルイーゼは、続く言葉に目を丸くした。

「俺も行こう。そろそろ王都に顔を出そうと思っていたところだ」

「えっ……。クライド様、その必要はありません。私一人で……」

驚き焦るルイーゼをよそに、クライドはあくまで真顔だ。

「君だけでは、また道中でボロボロになって魔女のような風体で乗り込みかねないからな。北部が野蛮だと思われてしまう」

「……クライド様、今更ですが、あの格好は敢えてだったんですよ？　正体をばらさない為に敢えてボロをまとっていただけで、別に暴れたり転んだりしてボロボロだったわけではありません……ぐにゃ」

頬が両側から摘まれて、上向かされる。

クライドはルイーゼの頬を片手の親指と人差し指で挟んで見下ろすと、そのまま強引に唇を合わせた。

「うるさい。どんなに俺を嫌がろうと、絶対についていくからな」

熱い瞳に見つめられ、息が止まりそうになる。

苦しくなる。泣きそうになる。この人を失いたくないと、我を忘れて叫びたくなる。

*

「あっ、ああっ、んんっ、もっと、もっと……‼」

ぐちゅ、ぷちゅっと微かな水音が部屋に響いている。王城の最奥、王族のみが立ち入りを許されるはずの離宮の一室は、甘い匂いで満ちていた。

深い闇の中、燭台《しょくだい》の灯りがゆらりゆらりと天井に映し出すのは、卑猥に蠢く二人の人影だ。

声の主は、艶のある黒髪を一つに束ねたまだ若い男。

逞しい身体を全裸に剥かれ、椅子の上に拘束された彼の股ぐらを、白く華奢《きゃしゃ》な足が踏みつけた。

「だめよ、まだ頑張ってくれなくちゃ。ほら、私に挿れたいでしょう?」

そそり立つ彼の陰茎は、根元を紐で縛られている。先端からダラダラと透明な液体をあふれさせたそれに、女は今度は下着越しの自分の股間を擦りつける。

「くうっ……」

「我慢して、まだ駄目。私のことを愛しているというのなら、頑張れるでしょう?」

ジンジャーレッドのウェーブがかかった髪をかき上げ、彼女は妖艶な笑みを浮かべる。

陶器のように滑らかでまるで少女のような肌に、小さな深紅の下着がひどく煽情的に映える。

「ああっ……バルバラ……」

「偉いわ、さすが近衛騎士団長。愛しているわ……」

甘やかに囁く声は、扉をはさんで廊下に立ちつくす青年の耳にも届いている。

表情を硬直させて両手の拳を握りしめた彼に、バルバラの高い声が容赦なく響いてくる。

「いいわよ、ご褒美をあげる。いっぱい味わって!」

続いて男の愉悦の悲鳴、そして粘膜と粘膜が擦れ合うぐちゅりという音……。

青年は、踵を返して廊下を足早に去っていく。

部屋の中からは、ねっとりとした甘い匂いが漂ってくる。

「先ほど、アラン殿下が部屋の前にいらしておりましたが、よろしかったのですか」

数刻後、気をやってしまった騎士団長を椅子の上に放置したまま、バルバラは隣室のベッドに腰掛けて、執事に足を洗わせていた。

長年ローレン家に仕えていた忠実な執事はとうにバルバラによって解雇され、今は息子の彼が家政のすべてを握っているのだ。

桶《おけ》に張ったとろみのある香油が、執事の手でバルバラの細い足首からふくらはぎへと塗りつけられていく。

「知ってたに決まってるでしょ。あの人は私を独占できると勘違いしがちだから、時々こういうのが必要なのよ」

独り言のようにつぶやいて、バルバラは「ん」と香油にまみれた足を突き出した。

執事は表情を変えぬまま、足の指先にしゃぶりつく。細く小さな指の間を丁寧に舌でねぶっていく。

「あーイライラする。本当なら、今頃とっくに裏シナリオが始まっているはずだったのに」

バルバラはきりりと爪を噛む。

執事も、騎士団長も、もちろん王太子も。

王都の六人の攻略対象は、二週間も前にすべてのイベントとスチルを回収済みである。

当たり前だ。バルバラは、そのために用意周到にすべてを進めてきたのだから。

この屋敷に引き取られてきた二年前から、いや、前世の記憶が蘇《よみがえ》った、五年も前のあの夜から。

バルバラ・ローレンは、ザレイン王国の東の外れ、ローレン伯爵領の片隅の小さな村に、母親と二人で暮らしていた。

ほんの幼い頃から、自分はこんな町娘の器では終わらないのではないかと漠然と感じていた。子供の頃から抜きんでて愛らしいと言われたし、特に男たちは老いも若きもバルバラの笑顔に魅了された。我儘に振る舞っても、ひどい意地悪をしても、人のものを奪っても。バルバラが涙目で見上げると、それ以上追及されることはなかった。

十五歳になった頃、若者のリーダーだった村長の息子に初めて身体を許した夜。破瓜《はか》の瞬間バルバラは、雷に打たれたように思い出したのだ。

自分が前世、日本という国に生きていたこと、そしてこの世界と共通点の多いゲームをとてもよく知っているということを。

それは、あらゆるゲームをやり込んでいた前世の自分にとって、まさに至高のゲームだった。

国中の美しい男たちを好きなように貪って、贅沢の限りを尽くせるゲームシステム。前世のバルバラが燻《くすぶ》らせていた欲望のすべてが注ぎ込まれた世界観と設定、キャラクターそして裏シナリオ。

今の自分こそが、その運命のゲームの主人公なのだ。バルバラは歓喜に震え、今まで感じていた違和感に納得した。

しかし、まだ解せないことは多い。

なぜまだ自分はこんな貧しい町娘でいる？　ゲームが始まるまでの間、主人公はどんな生活を送っていた？

早速母を問い詰めると、バルバラの父が伯爵であることを白状した。バルバラはすぐに街の情報屋の男と寝て、王都の情報を集めさせた。

攻略対象とされるキャラクターたちは実在し、それぞれに裕福な暮らしを送っていた。

この中から誰を狙う？　王太子？　前世で一番お気に入りだった北部のクライド侯爵？

否、自分が望むのはたった一つ。七人すべての攻略対象を虜にした上で展開する、逆ハーレムのトゥルーエンド、自分が女王として君臨する世界線しかないではないか。

せっかくこんな素晴らしいゲームの主人公に生まれ変わったのだ。トゥルーエンドを狙わないでどうするのだ。

女王となった自分を想像して、バルバラは高らかに笑った。

ゲームが始まるまで三年の猶予がある時期に記憶が戻ったのも、大いなる意志の思《おぼ》し召《め》しに違いない。バルバラは情報を集め、女としての武器を磨き上げた。

――バルバラ、最近おかしいわ。ねえ、私たちは貴族にはなれないの。ずっとここで一緒に暮らしましょう。

そんなバルバラに早い段階で気付いた母は、何度もそう諫《いさ》めてきた。

伯爵のお手付きになりながら、子供まで産んでおきながら、はした金を握らされて貧しい生活に満足しているこの女の脳内が、バルバラにはさっぱり理解できなかった。

（この女がいる限り、ゲームは始まらないのでは）

シナリオはどのルートも、母の死後身寄りのなくなった主人公が王都を訪ねるところから始まったはずだ。

（なんだ、そういうことね。簡単なことだったわ）

十七歳の終わり、一緒に買い物に行こうと声をかけると、母は嬉しそうについてきた。

町はずれの崖の上で彼女のやせた背中をポンと押すことに、何の感慨も湧かなかった。

（自分以外は、全員ゲームのデータでしかない）

狙い通り王都の伯爵邸に引き取られ、バルバラは一人ほくそ笑む。

しかし、そこで出会った腹違いの姉であるルイーゼ・ローレンに、違和感を覚えた。

ルイーゼ・ローレンと言えば、「蝶わす」で最も有名な悪役令嬢である。メイン攻略対象である王太子・アランルートを攻略するにあたり、邪魔をしてくる存在なのだ。逆に言えば、ルイーゼが悪役としての役割を果たしてくれないと、アランルートは始まらない。

（せいぜい頑張って私を虐めることね）

なのに最初に紹介された時、ルイーゼは、笑顔でバルバラを迎え入れてきた。

突然現れた父親の隠し子である自分に、複雑な感情を抱かないはずはない。それなのに、ルイーゼはあくまで公正に、本当の姉としてバルバラに接しようとする。

（何なの。ただのデータのくせに）

苛立ちながらも、バルバラは三年間かけて立てておいた計画を実行に移していく。

すべてのことを利用して、まずは六人の攻略対象たちの親密度を上げていくのだ。

最初のころ、同時攻略はとても大変だった。それなりに気も遣ったし、ヒヤリとする瞬間もあった。

恋人や婚約者が既にいる攻略対象も多く、彼女たちの言動に苛立った夜、バルバラは部屋の枕を引き裂いた。

しかし、やがて男たちの好感度が安定して上がっていくと状況は劇的に楽になった。特にバルバラが歓喜したのは、自分に主人公らしいチート能力が備わっていると気付いた時だ。

人々の目をじっと見つめて願いを囁くと、彼らは魂が抜かれたように、バルバラの思い通りの動きをするのだ。

この能力を使うと、男たちは更に依存するようにバルバラに夢中になっていった。

さらにバルバラは、いつまでたっても悪役令嬢としての自覚を持たない役立たずのルイーゼに対しても、いかんなくこの力を発揮した。

ルイーゼ・ローレンは、それぞれのルートに必ずいるライバル令嬢の中でも特殊な存在だった。

メイン攻略対象、王太子アランの婚約者というだけではない。姉である彼女に虐められることで、バルバラは社交界での立ち位置を確立させることができるのだ。

王都で一番とも謳われるほどに美人なものの、元々華やかな社交界から距離があったルイーゼは、簡単に周囲の誤解を買ってくれた。執事の息子や王太子アランも思っていた以上にルイーゼに固執していて最初は苛立たされたものだが、身体を触ることを少しずつ許していくと、面白いようにバルバラになびいてくれた。

（そりゃそうよ、あんな見かけ倒しの薬草オタク）

しかしルイーゼの母が屋敷に残した膨大な薬草の資料を処分させようとした時に、「これは使えるかもしれない」とバルバラは気付く。

基礎知識や注釈などのごたくは全て読み飛ばしたが、バルバラにもその資料が理解できたのだ。

恐らくは、本来のシナリオで薬を処方することもあった主人公の、チート能力の一環なのだろう。

金と人手さえ注ぎ込めば、自分でも薬や毒を作り出すことができそうなのである。

（これを、彼の攻略にうまく使えないかしら）

クライド・フォン・ランドルフ。

彼のことを考えると、バルバラはそれだけで濡れてしまう。

潔癖なほどにクールで、難攻不落な氷の侯爵。王国で一番美しい男。そのシナリオは他六人の攻略を前提としている上にひどく難しく、バグなのではないかと言われるほどに気まぐれな成功率の低さだった。

（当たり前でしょう。私のクライド様が、そう簡単に籠絡されてたまるもんですか）

バルバラにとっては、クライドこそがこのゲームのメイン攻略対象である。

クライドの美しい身体を裸に剥いて、一刻も早く自分の前に跪《ひざまず》かせたい。

本当は、すぐにでも北部に会いに行って一番に虜にしてやりたいと思った。しかしシナリオを無視してすべてが頓挫《とんざ》しては元《もと》の木阿弥《もくあみ》だ。

そんな時、かつてルイーゼの母がクライドの母に薬草茶を贈っていたことを、庭師の男が漏らしたのである。代々伯爵家に仕えている彼は、その薬草にごく似た毒草があることも覚えていた。

これだわ、とバルバラは思った。

その毒草を薬草と偽り、クライドの唯一の肉親である祖母に送りつけておくのだ。

そうやって祖母を弱らせておき、やがてクライドと巡り合ったバルバラが、奇跡のように彼女を助けてやる。そうすれば、クライドは一気にバルバラを信頼し、愛するようになるだろう。

（本当に、私は天才だわ……）

すべては、バルバラの思うとおりに進んでいた。

六人のシナリオが八割がた終わった、あの夜までは。


「んっ……」

執事の舌は、バルバラの足先から太ももの内側を這《は》い上《あ》がり、今や両脚の間に顔が埋められ、そこをくちゅくちゅと舐めている。

執事には未《いま》だ性交を許してはいないが、執事自身もそこまでそれに固執してはいない。彼の性癖は、舐めることなのだ。

その舌遣いを堪能しながら、バルバラは憎らしい姉のことを考える。

ルイーゼがいなくなったのは、バルバラがアランとの初夜を済ませた時だった。

アランルートは、腹立たしいことに意外と苦戦を強いられた。キスしたり身体を触ったりすることには積極的なアランだったが、ルイーゼのことを意識してか、最後の一線はなかなか越えようとしなかったからだ。

だからついにたどり着いた初夜の様子をルイーゼに見せつけたのは、単純に腹いせのつもりだった。

催眠が解けた瞬間に自分がしたことを理解したルイーゼの表情が恐怖と羞恥に歪む様子が、バルバラは大好きだったのだ。

だからあの夜も、ルイーゼが自分とアランの交わりに乱入してくるように仕向けた。

まだどこかルイーゼに未練を残しているようなアランは、その様子に今度こそ完璧に幻滅するだろう。もちろんシナリオにはない展開だが、ゲームも終盤だ。ここまで来れば大きな番くるわせはないだろう。

なのにルイーゼは、あと一歩のところで部屋から出て行ってしまったのだ。

苛立ちはしたが、当初バルバラはそこまで気にはしていなかった。

ルイーゼが広間の階段から転げ落ちたと聞いた時も、間抜けだなと笑ったくらいだ。しかし残りのスチルとイベントの回収に気を取られているうちに、ルイーゼの姿は屋敷から消えていた。

苛立ちながら使いをやったところ、南の領地から、しばらく静養したい、心配しないでとの返事が届いた。

ここに至っても草むしりか。どこまで愚かな女だろう。攻略が終わるまで放っておくかと流しかけたバルバラだったが、何故か胸騒ぎがして直接執事を送り込んだところ、なんと使いに対して返事を書いていたのはルイーゼからの依頼を受けた領地の管理人だったことが判明したのだ。

ルイーゼ・ローレンはどこにいる？　非力な伯爵令嬢だ。バルバラの意のままに露出度の高いドレスで夜会に出てしまうような。意思を失ってバルバラに茶を浴びせ、代々の領地を手放す書類に命じられるまま判をつき、自ら社交界での人望を失っていた、愚かなお人形のはずなのに。

なのに、いきなりそんな策を弄してバルバラの手元から逃げ出した。

ぞわり。

全身の毛穴が粟立《あわだ》つような感触を覚えた。

最初から感じていた違和感の正体だ。

攻略対象も含めすべてのキャラクターたちは、程度の差こそあれバルバラの把握する設定に近い性格をしていた。

なのにどうして、ルイーゼはバルバラが催眠にかけなければ悪役令嬢としての動きをしなかったのだ。

まるでルイーゼだけが、シナリオから離れた魂を持っていたかのように。

（まさか）

まさかまさか、と思いつつも、ランドルフ城へと使いを送った。

本来なら、北部にルイーゼ・ローレンが向かう理由はどこにもない。土地勘もなく頼る者もいない北の地に、伯爵令嬢がわざわざ一人で乗り込むわけがない。

（いるはずがない。いないのならいい。どこかで野たれ死んでいるなら、それでまったく構わない。でも、もしもルイーゼが北部に向かうようなことが、万が一でもあるとするならば）

戻ってきた使いが差し出した書状を開き、バルバラは嫌な予感が的中していたことを知る。

――ルイーゼ・ローレンは大切な客人だ。ランドルフ侯爵家として引き渡すいわれは一切ない。

バルバラは絶叫し、カーテンを引き裂き使者にポットの熱湯をぶちまけた。

「あの女‼　あの女も転生者だったんだわ‼　許さない、許さない‼」

震えながら部屋のすべてを破壊して、やがてバルバラは笑い出す。

（大丈夫、落ち着くのよバルバラ。何も恐れることはない）

「私が、この世界の主人公なのだから」

クライド・フォン・ランドルフの攻略シナリオ。その舞台は北部ではない。王都だ。

六人の攻略対象の好感度をマックスにした段階で、王城で盛大な夜会が開催される。

王太子・アランとバルバラの婚約が発表される夜会である。

そこで、バルバラとクライドは初めて出会うのだ。

やがてアランとクライドの二人はバルバラの愛を奪い合い、北部と王家は内乱となる。

その混乱の中で旧体制は滅び、最終的には、攻略対象たちが国を治めることになる。その瞬間こそが、女王バルバラの誕生である。

すぐそこに迫る明るい未来に、バルバラは恍惚《こうこつ》の吐息を漏らした。

ルイーゼが転生者なのが何だというのだ。しょせんはバルバラの催眠に抵抗できない悪役令嬢に過ぎないではないか。

（私に逆らって悪あがきをしたことを、凌辱ルートのどん底で、心底後悔させてやるわ）

バルバラは笑う。脚の間を執拗《しつよう》に舐められながら。

高らかなその笑い声が、離宮に響き渡っていく。

第五章　愛している

ひどく空気が重い。

二か月ぶりに訪れた王都で、ルイーゼが最初に感じたのはそれだった。

街全体を、どんよりとした雰囲気が包み込んでいる。道行く人々の表情も暗く、動きも緩慢だ。表面だけ飾り立てられた街の裏側は掃除が行き届いていないのか、ひどくくすんでいるように思える。

最初からこうだったのに、ルイーゼが気付いていなかっただけなのだろうか。それともやはり、北部の活気を知ってしまったからだろうか。

（きっと両方だわ）

馬車が想定とは違う方角に曲がったので、ルイーゼは驚いてクライドを振り返った。

「ランドルフ邸に向かう」

「なぜですか？　ローレン家の屋敷はもうすぐそこなのに」

今回ルイーゼとクライドが王都へと赴いたのは、ローレン邸にルイーゼが秘蔵している薬草を回収するためだ。

それさえあれば、マクダを治療することができる。逆に言えば、薬草が回収できれば王都に滞在する理由はないのである。

「ローレン邸は、王太子派の監視下に落ちた」

「え……」

「先に向かわせたイアンから連絡が入った。一見しただけでは分からないが、ローレン伯爵邸は既に厳重に包囲されている。監視しているのは近衛騎士団だ。不用意に近付けば、理由をでっち上げて拘束されるだろう」

ルイーゼは息を飲んだ。

今回の帰還準備は秘密裏に行われたはずだった。ランドルフ城で留守を守る人々も、ルイーゼたちの行き先を知る者はごく少数。マクダすら、北部への視察にクライドとルイーゼが揃って出向くのだという話を信じて嬉しそうに見送ってくれた。

ルイーゼたちが乗る馬車にもランドルフ家の紋章などはなく、一見何の変哲もない貴族の馬車だ。随行の従者も最小限に絞っている。しかし、バルバラにはばれていた。

（バルバラは、この世界のことをどこまで把握しているんだろう）

背筋がぞっとする。

自分はもしかして、大きく開いた猫の口の中にのこのこと入り込んでいこうとするネズミにすぎないのではないだろうか。

「まあいい。ついでに王にでも謁見しておくか」

しかしクライドはまったく動揺する様子もない。馬車の椅子に肘を突き、長い足を組み替える。

「君は、王都に会いたい者などいないのか」

「会いたい人……？」

ルイーゼはゆっくりと瞬きをする。

そう言えば、父……ローレン伯爵はどうしているだろう。

元々留守がちだった父との思い出はあまりない。バルバラが本性を現したころ、何度か助けを求めたことはあったのだが、ルイーゼの悲痛な訴えは全て無視された。

今となれば、彼もバルバラの傀儡《かいらい》だ。領地も財産も奪われながら、形ばかりの伯爵として王都で過ごしているのだろうか。

同情と切なさは覚えるものの、どうしても会いたいというような強い想いは湧いてこない。

「会いたいのは、マクダ様やメイドたちでしょうか。カロリンさんたちに会えないのも寂しいし、残って缶詰を作ってくれているみんなのことも気になります。料理長の缶詰新メニューも楽しみですし、あとは、子供たちが張り切りすぎていないか心配ですけど」

「王都にはいない者ばかりだな」

呆れたように言われて、ルイーゼは笑った。

大切な人たちを思い出すことで、揺らいでいた足元に感覚が戻ってきたようだ。

自分で決めて出て行った時と同じ。自分で決めて、戻ってきたのだ。

だけど今度は逃げるためではない。戦うために。

このゲームのシナリオと、バルバラと、そして……自分の運命と。


「既にお気付きと思いますが、王城は更にひどい有様です」

王都のランドルフ侯爵邸は、王城を見下ろす丘の上にある。

どこか北部のランドルフ城を思わせる堅牢な佇まいに、ルイーゼは居心地の良さを感じた。

「近衛騎士団が攻めてきても、ここだけで半年は籠城できる準備がある」

「そんな展開、絶対に想定しないで下さい……」

一息ついているところに非公式に訪ねてきたのは、ある公爵家の次期当主である。

元から社交界に疎いルイーゼにも覚えがある、確か近衛騎士団で副団長を務めているはずだ。ただしゲームの攻略対象ではない。

もともと王家と距離があったため、バルバラに侵食されていない貴重な上位貴族だとクライドが説明してくれた。

「この一年ほど兆候はありました。しかしここ数か月で、坂を転がり落ちるように貴族の品位は凋落《ちょうらく》した」

彼は吐き捨てた。クライドと信頼関係があるのは、異国の言語を学ぶためにランドルフ城に滞在していたことがあるためだという。

ルイーゼはまったく知らなかったが、そうやってクライドを信奉する者が、王都には少なからずいるらしい。

「まず、将来を嘱望されていた上位貴族の跡継ぎの多くが、次々と堕落していっています。贅沢の限りを尽くし、金がなくなると正式な手続きも経ずに税を上げる。公費を堂々と使い込むのは当たり前で、賄賂の横行も目を覆うほどだ」

息を飲むルイーゼの隣で、予想していたことなのか、クライドは特に表情を変えることもない。ただ、黙って続きを促した。

「汚職を取り締まる側も汚職をしているのだから始末に負えません。禁止されているはずの賭博場も公然と開催され、噂では、王太子のアラン殿下自らが経営しているとか」

「そんな。アラン殿下は賭け事などをむしろ嫌っていたはずです」

「かつてはそうだったかもしれません。しかし今は、異国の商人を相手に法外な掛け率で取引をしている。先日は、ついに王太子領の銀山の権利が異国に渡ったとか」

ああ、バルバラだ。

アランと違いバルバラは、遊戯や賭け事といったことを非常に好んでいた。

信奉する貴公子たちを集めては、夜会の裏でこっそりカードゲームに興じていたのを覚えている。

おそらくそれがエスカレートし、アランたちを巻き込んで引き返せないところまで来てしまったのだ。きっと異国にとっては、いい食い物にされているに違いない。

攻略対象たちの好感度が一定レベルを超えた頃から、バルバラの浪費は止まらなくなった。

毎晩のように誰かの屋敷で夜会や舞踏会、豪華な茶会が開かれる。そこにバルバラは、毎回違うドレスで出向いていていた。

何においても一番でないと気が済まないバルバラは、一度着たドレスには二度と袖を通さない。身を飾る宝石も、まるで使い捨て状態だった。常に誰よりも新しく珍しいものを手にすることで社交界の流行を更新し、令嬢たちを圧倒した。

最初の財源は、確かにローレン家だった。

ローレン伯爵は、バルバラに命じられるままに領地の権利を金に換えていった。表向きは悪女・ルイーゼの浪費のせいにしつつ生み出された資金はすべて、バルバラの身を飾るために湯水のように溶けていったのだ。

その頃になると、たび重なる催眠によりルイーゼの認識も曖昧だが、ローレン家を食いつぶしたバルバラは、今度は攻略対象や他の男たちの財産も遠慮なく使い込んでいったのだろう。

なまじ権力を持っていた男たちは熱に浮かされたように仕事を放棄し、競うようにバルバラに貢いでいったに違いない。

「最高権力者である王太子殿下がそうですから、他の貴族たちも雪崩を起こしたように不正に手を染めています。国内の貴重な資源が、目先の取引や賭け事の代償としてどんどん異国へ流出していく」

（ずっと、おかしかったんだ。バルバラがこの国を壊していこうとしていたのに、私は目の前にいたのに何もできなかった）

唇を噛み、膝の上で手を握りしめる。

「最近は、行きつくところまで来たという感じです。彼らは汚職まみれの任務すら放棄して、登城すらままならなく、いかにして金を無駄に使うかを競い合っているかのよう。さらに噂では……」

公爵令息は一度言葉を区切り、気まずそうにルイーゼを見た。

「続けてください、知りたいです」

「——王城の離宮や屋敷の奥で、バルバラ・ローレン嬢と賭け事や淫蕩《いんとう》にふけっているとのことです。諌めに向かった者すら仲間に引き入れ、夜な夜な爛《ただ》れた集まりを王都の至る所で繰り広げているとか」

「王は一体何をしている。まさか、王すらバルバラ・ローレンに堕ちたのか」

「それはありません」

公爵令息は迷いなく首を横に振る。

「ただ、陛下はここしばらく体調を崩されている。それは、王妃イザベラ殿下も同じです」

「イザベラ様も……？」

「原因不明の高熱と、体中に無数の発疹《ほっしん》、さらに咳が止まらず血を吐かれることもあります。心配して付き添っていた陛下にも最近同じ症状が出て、新しい伝染病ではないかと皆が恐れています」

クライドが瞳をちらとルイーゼに向けた。マクダと同じ症状だが、さらに重篤な様子である。

「クライド・フォン・ランドルフ侯爵閣下」

公爵令息が膝を突く。絞り出すような声で訴えた。

「もう、王都は限界です。どうか、この国を救っていただきたい」

*

その夜遅く、王都のランドルフ侯爵邸の一室で、クライドは報告書に目を通していた。

次期公爵が残していったそれには、彼の報告よりも目新しい情報はない。ただ、それを裏付ける具体的な数字や事実がさらに生々しく記されているものだった。

彼からの報告の場に、ルイーゼを同席させたのは失敗だったかもしれない。

あの後ルイーゼは明らかに動揺し、一人になりたいと早めに寝室にこもってしまったのだ。

ふうっとため息をつくと、クライドは報告書を机に投げた。苛立ちが、重く体を支配している。いっそ強い酒でも煽ってやろうかと思っていると、扉が開きイアンが入ってきた。

「ローレン伯爵邸には見張りを残しておきました。動きがあればすぐに報告が」

「王都は随分荒《すさ》んだな」

「この一年で急速に。私が昨年末に登城した際は、ここまでは感じませんでした」

クライドは、王都を敢えて避けてきた。王城に最後に足を踏み入れたのは、祖父が元気だった頃だ。

もう五年も前のことになる。

「たった一人の悪女によって、ここまで劇的に国は傾くものなのか」

「バルバラ嬢は、人を争わせることに長けているようですね」

机上の書類に目を走らせ、イアンは静かに続けた。

「男たちだけではありません。ここ数年、社交界での貴族令嬢の流行をけん引していたのはバルバラ嬢だということですが、彼女は次々と流行を変え、そこに付いてこられない令嬢を笑いものにしていた。それを恐れた令嬢たちによる浪費も無視できないということです」

「ボロをまとって乗り込んできたルイーゼとは、えらい違いだな」

けたたましい宝石や派手なドレス。そんなものでルイーゼの心を掴むことができるのなら、むしろどれだけ楽だろう。

ルイーゼを想い、クライドはかすかな笑みを浮かべる。

ボロをまとって乗り込んできたかと思ったら、虫を叩《たた》き潰《つぶ》して使用人たちを助け、かと思うと必死で悪女めいた芝居を仕掛けてくる。

悪女と噂されながら贅沢な品などほとんど所持しておらず、唯一大切にしていた首飾りを手放してでも、他の者のために使う薬草を手に入れようとする。

いつからだろうか。ルイーゼを見ていると、クライドの中には叫び散らしたくなるような衝動がこみ上げてくるのだ。

頬を染めてくってかかってくる、小生意気な唇を塞ぎたくなる。何度も何度も絶頂を味わわせれば、快楽に溺れて泣いてしまうその顔が可愛い。あまりの刺激に細い腕を伸ばして、必死でしがみついてくるのが愛《いと》おしい。

だから、繰り返し抱く。何度も何度も、ルイーゼが意識を失うまで。しかし何度抱きしめても、いつか自分の腕からするりと抜け出していってしまうような気がするのだ。

「王城には、王太子もいるのか」

「どうでしょう。最近はあまり表に出ていらっしゃらないようですが」

「殴ってしまうかもしれないな」

「表向きは我慢してください」

悪夢にうなされた夜、ルイーゼは時に元婚約者である王太子・アランの名前を叫ぶことがある。先ほどのようなふとした会話の中で、アランとの日々を感じさせる発言をすることもある。

そのたびに、クライドは激しい衝動に突き上げられる。

嫉妬・憤り・憎悪・欲望。そんなどす黒い激情を、強い理性でねじ伏せなくてはいけないのだ。

「あの唇から俺以外の男の名がこぼれるなど、到底許容できない」

「なるほど」

「ルイーゼの内側から、あのクソ王子の記憶を綺麗に消してやりたい」

「手段を探しましょうか」

淡々と返すイアンに、クライドは笑った。

「安心しろ。そんなくだらない嫉妬は表に出さない。腹の底に押さえつけておくさ」

切り替えようと仕事を再開するが、しかしイアンは黙ったままだ。

暖炉の薪《まき》がぱちりと爆《は》ぜた後、長年仕える年上の家令は静かに言った。

「クライド様、気持ちを見せることは弱さではありません」

ペンを握る手を止めて、クライドは目を上げる。

「あなたはもはや、この国で最も強い、誇り高き狼だ。それがあなたの真の想いならば、恐れることなくさらけ出していいのです」

クライドが見つめる先で、イアンは穏やかに微笑んだ。

「大旦那様がここにいれば、きっとそうおっしゃることでしょう」

一礼をしたイアンが部屋を出ていく。クライドは、椅子にもたれて天井を見上げた。

ルイーゼの姿が浮かんでくる。こちらに伸ばす白い腕も、不安そうに揺れる瞳も。拗《す》ねたように唇を尖らせ、クライドを振り返る弾けるような笑顔も。

もう、とっくに分かっている。

ルイーゼを突き動かすものは、元婚約者や妹への未練や復讐心などではない。

彼女は、戦っているのだ。

未来への恐怖と過去への懺悔《ざんげ》、葛藤と不安。得体の知れないそれらのものをクライドからもひた隠し、必死であらがおうと一人もがいている。

クライドは、唇を噛んだ。血がにじむほどに、きつくきつく、噛み締めた。

＊

翌日、ルイーゼは王城を訪れた。

ぱっと見、二か月前と何も変わらない。あの夜、バルバラとアランの情事を見せつけられ、階段から転げ落ちて以来の城だ。すなわちそれは、前世の記憶を取り戻した時。

（なんだかすごく、遠い昔みたい）

それはきっと、記憶の中の煌びやかな城と、今目の前に広がる光景の落差のせいもあるだろう。

城の中は、掃除が行き届いておらずあちこちが埃《ほこり》を被っている。侍女や使用人たちにも疲れが目立ち、その数すら足りていないようだ。

先に王城入りして国王陛下との謁見を済ませていたクライドと合流し、イザベラの私室へと向かった。

「本当に面会されるのですか？　伝染病かもしれんのですぞ」

先導する子爵が確認を繰り返す。王城の管理を代々担っている彼は、濃い疲労の色を浮かべていた。

「ここだけの話ですが、最近は城の者も怖がって、国王陛下と王妃殿下の看病を志願する者が足りていないのです。そんな中、彼女の存在には救われていますよ」

彼女……？

聞き返そうとした時、廊下の突き当りの寝室に着いた。二重になった重い扉が開かれる。

ふんわりと、どこか記憶を刺激する、甘ったるい匂いが漂ってきた。

灯りを落とした部屋の奥、天蓋付きの広いベッドにザレイン王国王妃・イザベラは横たわっていた。

そのベッドの奥に屈《かが》んでいた黒い影が、ゆらりと身を起こす。

「あら」

入り口から差し込む灯りを受けて、彼女は満面の笑みを浮かべた。

「お姉様と、もしかしてクライド様かしら。お会いできて嬉しいわ」

バルバラ・ローレンとの、二か月ぶりの再会だった。


「嬉しいわ、お姉様。ねえ、もしかして明日の夜会のためにいらして下さったのかしら。私とアラン様の婚約発表をするつもりなの」

王妃のベッドを迂回して、バルバラはルイーゼたちの方に進み出てくる。

淡いピンクのドレスをまとい、蝶々《ちょうちょ》のように軽やかに。なんの邪気もないような笑みを浮かべて、ぱん、と小さな掌をあわせた。

「ああ、クライド・フォン・ランドルフ様。ずっとお会いしたいと思っていましたわ」

「初めまして。祖母への贈り物をどうも」

淡々と返すクライドにバルバラはさらに身を寄せて、うっとりと顔を見上げた。

「想像通り、なんて素敵な方……。王都にも、こんなに美しい方はいませんわ」

「バルバラ、そういう話をするなら外に出てからにしましょう。王妃殿下がお休み中よ」

自分でも驚くほど冷静に、ルイーゼはバルバラの茶番を封じた。

「やだ、お姉様怖い……。クライド様、手紙に書いた通りでしょう？　お姉様はいつもこうなの。私を虐めてばかりなのよ」

とりあわず、ルイーゼは薄暗いベッドに近付いていく。

湿度も温度も周囲より一段高いベッドの上、青白い顔をした王妃・イザベラが横たわっているのが見えた。

その気高い顔からは生気が失われ、赤い発疹がいたるところにできている。

マクダと同じ症状だ。しかしやっぱりずっと重い。どれだけ急速に、大量の毒を投与されてきたのだろうか。

「あら、不用意に近付かないで。私がずっと看病して差し上げているのだから」

ルイーゼは唇を噛んで、ベッドサイドに両膝を突いた。

かつて、ルイーゼの母が救った命だ。イザベラはそのことに心の底から恩を感じ、ルイーゼを気にかけてくれていた。母の死後、社交界にデビューする時の後見人を申し出てくれたのもイザベラだ。マナーや常識、振る舞い方など、厳しく優しく導いてくれた。

「王妃殿下は、ずっと私に厳しかったんです。私がお姉様に虐められてるっていくら訴えても分かって下さらなくて。だけどこうして寝たきりになったら、結局看病してあげるのは私だけなんだもの、皮肉なものよね」

甲高い声で、バルバラがクライドに話しかけている。

(私のせいだわ。私だけが、イザベラ様の体調に気付くことができたはずなのに)

目の奥が熱くなる、ルイーゼは、イザベラの枕元に顔を埋めた。

「ルイーゼ……」

細い声に顔を上げると、枯れ枝のような腕を持ち上げて、イザベラがルイーゼの髪を撫でていた。

「会いたかったわ、ルイーゼ……。あなたが行方不明と聞いて、心配をしていたのよ。無事でよかった……」

「イザベラ様、ごめんなさい。私は大丈夫です。来るのが遅くなってごめんなさい、もう安心して下さい、私が助けて差し上げますから……」

不意にイザベラが咳込《せきこ》み始める。それは鋭く痛々しい、引き裂くような激しい咳で、俯いた顔から枕元に赤い飛沫が飛んだ。

「あーもう、お姉様ったら、すぐに病人に無理をさせるんだから。汚いなあ。誰か来て!!」

廊下から先ほどの子爵に続き、近衛騎士団長が踏み込んでくる。

ルイーゼをベッドサイドから引きはがそうとする団長の腕を、クライドが素早く遮った。

「触るな」

「困りますな侯爵閣下。王妃殿下を興奮させないでいただきたい。ここはバルバラ様にお任せして、一旦お引き取り下さい」

子爵の目は、さっきまでとは別人のようだ。

浮かんだ隈《くま》や疲労のにじむ表情はそのままだが、明らかに瞳の焦点が合っていない。

「そんな、バルバラにイザベラ様を任せられません」

「ルイーゼ、ここは一旦退くぞ」

耳元で囁いて、クライドはルイーゼを抱き寄せた。

「バルバラ・ローレン」

「あら、何かしら、クライド様？」

バルバラがとろけるような甘い声で返す。

「明日の夜会、出席させていただく。俺とルイーゼ二人でだ。問題ないな」

大きく一つ瞬きをして、バルバラはにっこり微笑んだ。

「分かりましたわ、楽しみにしています、クライド様」

部屋を出る時、ルイーゼはバルバラを振り返った。

いっさいの表情を消して、バルバラはこちらを見つめている。

その紅い瞳を、ルイーゼは強く見返した。


「あれが、君の妹か」

ランドルフ侯爵邸の執務室で、クライドは乱暴にタイをほどいた。

「思っていた以上に醜悪だったな」

ルイーゼの座り込むソファの肘置きに手を突いて、顔を覗き込んでくる。

「君の妹だと聞いて想像していた、億分の一も魅力がなかった。あれが本当にこの王国を傾けているのか」

唇を噛み、ルイーゼはクライドを見上げた。ゆっくりと首を振って、その青緑の瞳を見つめる。

「あの子の恐ろしいのは、そう思っていたはずの男性の気持ちまですべて絡め取ってしまうところです。アラン様だって、初めからバルバラに興味を持ったわけではありませんでした」

クライドは黙っている。ルイーゼは、大きく息を吸い込んだ。

心を落ち着けなくてはいけない。感情的になってはだめだ。バルバラは、王妃を、国王を、この国を人質に取っているのだ。

本当は、とても怖い。もう一度あの目を見たら、また以前のように自分が自分でなくなってしまうのかもしれないのだから。

だけど。

マクダの温かな掌を、イザベラの微笑を、胸の中にそっと広げる。

「クライド様」

王都に到着してからずっと考えていたことを、今こそ告げなくてはいけない。

「やはり、北部に戻って下さい」

クライドは目を瞠《みは》り、それからくっと眉を寄せた。

ああ、出会った時と同じだ。

あの船着き場の近くで馬上から見下ろされた時。少年を好むのか、と怪訝な表情のクライドと目が合った時。

(あの時から、分っていたはずなのに。いつか必ず、こんな瞬間が来ることを)

「夜会には、私一人で参加します。その前にローレン邸から薬草を持ち出して、夜会のさ中の隙を突き、イザベラ様の治療をします」

「呆れた計画だな。そんなことが君一人で出来るものか」

「クライド様もご存じかと思いますが」

ソファから立ち上がり、ルイーゼは笑った。

あんなに難しいと思っていた悪女らしい微笑みを、今ならすんなりと浮かべることができてしまう。

「私は社交界では名を馳せた悪女なんですよ？　信奉してくれる殿方なんて、いくらでもいるのです。彼らの協力を仰げば、クライド様の手を煩わせるほどのことはありません」

息の詰まるような沈黙を超えて、今度はクライドが不敵に笑う。思わず見とれてしまうような威風堂々とした笑みは、しかしどこか苦しげで。

「言っておくが、今さら悪女ぶっても無駄だぞ。俺には通用しない」

それから笑みをいきなり消した。

「俺が北部に帰るなら、君も一緒だ」

「いいえ、クライド様」

（ああ、いつのまに）

不意に、どうしようもない想いがこみ上げてくる。

（いつのまに、私はこの人のことが……こんなにも）

笑みを張り付かせたまま、ルイーゼはあえぐように呼吸を繰り返し、首を横に振った。

「バルバラに近付けば、私はまた本当の悪女に戻ってしまうかもしれない。きっとクライド様は、そんな私に幻滅します」

「本当の悪女？　上等だ。君の悪態なんか可愛いものだし、君の浪費程度で北部が傾くと思うか」

「違います、そんなものでは済まされない。それに」

それに、ああ、それに。

一度強く唇を噛み、ルイーゼは掠れた声で続けた。

「もしも、クライド様までがバルバラに魅了されてしまったら……そうしたら、この国は本当に終わってしまう」

「くだらない」

吐き捨てて、クライドはルイーゼの手首を掴む。至近距離でじっと見つめ、叩きつけるように続けた。

「俺が、今更君に幻滅する？　あの女に心奪われる？　あのクソ王子のように君のことを裏切るなどと、本気で言っているのか」

「だって、もしもクライド様がそうなってしまったら、私はもう、立ち上がれない」

声が震える。泣かないと決めていたのに、涙の中で揺れてしまう。

「世界中のすべての人が、バルバラ側についてしまっても構わない。だけど、クライド様だけは」

震えながら、必死で声を絞り出した。

「クライド様だけは、失いたく、ないんです。だって、だって私は」

「ルイーゼ」

鋭角なピアスが、きらりと揺れた。

目の前の床に片膝を突き、クライドがルイーゼを見上げてくる。

青みがかった緑色の瞳は涙袋に縁取られ、強い光を放っている。

まっすぐに上がった凛々しい眉に、綺麗な鼻梁、薄く引き締まった唇、そして精悍な頬。

氷の侯爵は、真剣な目でルイーゼを見つめている。

「君が何と言おうとも、俺は君を離さない」

「クライド様、私は」

「愛している」

呼吸が止まった思いがして、ルイーゼはクライドをただ見つめた。

「君が何を言っても、この先俺にどんな態度を取ったとしても、俺の気持ちは変わらない。もう、変えることができない」

目の前のクライドを、しっかりと見ていたいのに。目に焼き付けていたいのに。

ゆるゆるとにじんできてしまう。気持ちがあふれてきてしまう。

「ルイーゼ、君を愛している。君が戦っているものと、共に戦わせてくれ。君を守るために、この命を捧《ささ》げたい」

「命なんて、いらないです」

伸ばした指先を、クライドが絡めるように繋いでくれた。

「クライド様と、一緒に生きていたいです」

引き寄せられて、唇をあわせる。

まるで生まれて初めてのように、互いを手繰り寄せるような、口付けを。

「んっ……」

ソファに押し倒されて服を脱がされている間も、クライドに優しいキスを繰り返されている。

ボタンをすべて外されて、肩から服が落とされる。

露わになった肌にそっと口付けて、クライドはもどかしげに息を吐き出した。

「早く抱きたい」

「クライド様……」

「君の中に俺を押し込んで、俺のことしか考えられないようにめちゃくちゃに満たしてやりたい」

身を起こし、クライドはシャツを乱暴に脱ぎ捨てた。余裕のない目で見降ろして、荒く息を吐く。

「好きだ、ルイーゼ。自分でもおかしくなるくらいに」

まっすぐ見つめて繰り返され、ルイーゼの頬は熱くなる。

「どうした?」

「い、いえ……。なんだか……ドキドキしちゃって……」

「そんなの今更だろう」

当然のように、クライドはルイーゼに口付けた。そのまま両手で胸を包み込む。

「だ、だって……クライド様と私のつながりは、身体だけなのかと思っていたから」

胸の先端を押し込んでいた指先が、ぴたりと止まった。

「あの、ほら……私は悪女ですので……身体だけで、籠絡してしまっただけなのかなって……」

慌てて続けると、クライドは「はーっ」と大きなため息をついて、あぐ、と大きな口を開けてキスをする。

「馬鹿すぎるな」

「ご、ごめんなさい。だって、好きって言われたことなかったし……」

「いや、大馬鹿なのは俺だ」

優しく髪をなで、クライドはそっと口付ける。そのまま今度は胸の先端へ唇を落とし、ちゅくちゅくと甘く転がした。

「君に想いを剥き出しにして、拒絶されることが怖かった。君に惹《ひ》かれるほどに、君の中に俺の越えられない何かがあるのではないかと思い、勝手に嫉妬した」

「え……？」

「前に君は、真の王は無欲なものだと言っていただろう。俺とは正反対だ」

拗ねたようにこぼすクライドに、ルイーゼは必死で首を横に振る。

「クライド様、そんなことを気にしていたのですか？　あれはそういう意味ではないですし、それに、本当にアラン殿下のことは、なんとも……いえ、最初から……」

「その名前を口にするな」

忌々しげにつぶやいて、クライドはルイーゼの口を片手でふさぐ、そのまま胸の先を甘噛みした。

「んっ……」

「だけど、俺の嫉妬なんか本当はどうでもよかったんだ。くだらないプライドに囚《とら》われて君を孤独にさせていた自分が、今は何よりも許せない」

逞しい身体でルイーゼの身体を押しつぶすように抱きしめて、そしてまた深いキスをする。

「俺は欲望が深いんだ。君のことを独占して、俺だけのものにして……守らせてくれ」

もう何度目のキスか分からない。言葉と吐息の隙間を、口付けで埋めていくようだ。

クライドの指先が、ルイーゼの脚の間を辿る。ぐちゅり、と奥に指が入ってくる。

「あっ……」

「可愛いな、もう熱くなっている」

耳元で甘く囁きながら、指がゆっくりと動き始める。

長い指がじわじわと内側を辿り、奥に届いたと思ったらもう一度入り口に戻ると、敏感な場所にぴたりと充てられた。

「あっ……んっ……」

「……ほら、すぐにここが膨らんでくる。分かるか」

指の腹が、ルイーゼの弱いところを中でとんとんとくすぐってくる。

とんとん、とんとんと可愛がり、ほんの少し指を立て、充血してきた内側をこりこりとなぞる。

「あっ、んっ……ああっ……あ‼」

ぷちゅり、と音を立てて引き抜いた指を舐めながら、トラウザーズを寛《くつろ》げて、クライドは自身をぴたりとルイーゼに押し当てた。

「クライド、さま……」

「愛してる、ルイーゼ」

ゆっくりゆっくりと、入ってくる。

まるで、一つ一つを確かめるように。置き去りにしてきた感情や感覚のすべてを、余すところなく拾ってしまおうというように。

「あ、っ、ふ、っ……ク、ライドっ……さまっ……」

「ルイーゼ……」

すべてがまるで、初めてのようだ。

初めてのように恥ずかしくて、初めてのように、感覚が目覚めさせられていく。

かつてない程の圧力で、ルイーゼの中はクライドでいっぱいにされていた。ゆっくりゆっくり入ってきたそれが、最奥にこつんと達する。

「クライド様、好き……」

「んっ……」

その瞬間、身体の中で何かが跳ねて、じんわりとしたものが奥に広がる。

「え……」

「悪い、今出た」

平然と言ってのけられて、ルイーゼは呆然としてしまう。

「今のは君が悪いな」

「えっ」

「キスをしている時から我慢の限界だったのに、好きとかこのタイミングで言う奴があるか」

いや、平然とはしていない。ちょっと早口でそう言うクライドの、目元がわずかに赤くなっている。

「クライド様」

「なんだ」

「好きです」

「やめろ」

「やめていいんですか？」

「……やめなくていい」

クスクスと笑うルイーゼを不貞腐《ふてくさ》れたような顔で見返して、クライドはやがてニヤリと笑う。

「いいぞ、何度でも繰り返し抱いてやる。だから何度でも言え。俺のことが好きだって」

中に収まったままのものは、全くその固さを失ってはいない。

クライドは、再び奥を小刻みにコツコツと突き始める。

「えっ、あ、あっ……」

「ほら、好きだって言え、ルイーゼ」

「好き、クライド様、好き……」

「んっ……」

クライドは息を吐き出して、扶《えぐ》るように奥を擦ると深くキスをしてニヤリとした。

「ルイーゼ、可愛いな。俺も好きだ」

「や……」

「甘えるみたいに締まってくる。気持ちいいのか？　いいぞ、ほら、少しだけイってみろ」

ずりずりと奥を擦り、クライドはルイーゼをゆっくりと突き上げる。

それはどこかもどかしい動きで、あと一息というところで、敢えてぐっと引いてしまう。

身体の芯が震え、クライドにしがみつく。じんわりと、体の中に疼くような熱が広がった。

「上手に少しだけ達したな、いい子だ」

小刻みに震えるルイーゼの耳元に、クライドは低く甘い声で囁く。

「よし、もう一度してみるか。少しだけ、じんわり甘く達してみろ」

「や、そんなの、無理、無理です。いじわる、しないでください……」

「君は深く達すると寝てしまうからな。今夜はもう少し味わっていたい」

どこまでも優しく囁いて、今度は奥にぐっと押し当てる。ふうっと息を吐き出しながら、ルイーゼの弱いところを硬いもので何度も、ゆっくりと削る。

まるで、波が長い月日をかけて砂を遠くへ運んでいくように。

「可愛いな、ルイーゼ。たまらない。おかしくなる」

ふーっとクライドが息を吐き出す。

「君を信じる。自分自身よりも深く」

ルイーゼは声を上げながらまた軽く達し、とろとろしたものを溢れさせながら、クライドにしがみついてしゃくりあげた。

「そして約束する。何があっても、君を守ると」

その後も、ルイーゼは何度も何度も甘やかに達せられ、そのたびに愛していると囁かれて、とろけるように、さらに何度も抱かれていく。

「クライド様……」

全身で愛を感じながら、ルイーゼはそっと目を閉じる。

もうきっと、何も怖くない。

揺らがぬ温かいもので、自分の輪郭が形作られていくような気がしていた。

第六章　私が守りたいものは

バルバラのお人形となっていた頃は、毎晩のように王都中の夜会へと引っ張り出されていた。

だけど今、それらははるか遠い、前世よりもさらに昔の出来事のようだ。

（それは、気持ちが今と全然違うからだわ）

クライドにエスコートされて馬車を降り立ちながら、ルイーゼはそんなふうに思う。

今宵《こよい》、クライドが用意した馬車は、輝くほどの純白の車体に銀の車輪。扉には、狼の牙を象《かたど》ったランドルフ侯爵家の紋章が大きく描かれている。それを、北部から連れてきた六頭もの見事な白馬に引かせているのだ。

「あまりに目立ちすぎではないでしょうか」

侯爵邸の前に止まった馬車に乗り込む前、思わずそうつぶやいてしまったルイーゼに、クライドは不敵に笑った。

「氷の侯爵クライド・フォン・ランドルフが、五年ぶりの夜会に稀代の悪女ルイーゼ・ローレンをエスコートするんだ。目立たなくてどうする」

案の定、馬車は王都を走る間から民衆の視線をくぎ付けにし、王城の正面で二人が降り立つ時には、既に大広間に入っていた他の来賓たちがわざわざ様子を見に来るほどだった。

数多の視線が降り注ぐ中、城の大広間へとクライドは迷いなく進んでいく。

「みんなが君に注目しているな。少し複雑な気分だ」

ぼそりと囁いてきたが、視線を集めているのはクライドの方ではないだろうか。

(だって、今日のクライド様は……)

白い軍服風のセットアップだ。

銀色と黒のラインが走り、クライドの逞しくもすらりとした体躯を引き立てている。黒いブーツをかつりと大理石の床で鳴らしながら歩くと、フォーマルにセットした青みがかった銀色の髪の下、鋭角なピアスがきらりと光る。いつもよりさらに色気を増したその姿は、周囲を圧倒するほどだ。

「クライド様が、格好良すぎるから……」

思わず声に出てしまった。不意を突かれた顔をしたクライドがまた何か意地悪を言うかと身構えたが、彼はそっぽを向いてしまった。耳元が少し赤い。

「格好良すぎて、可愛すぎるから」

真顔で追い打ちをかけてみると、クライドは憮然とした顔でルイーゼの腰を引き寄せた。

昨夜、クライドとルイーゼは互いの想いを確かめ合った。

愛していると伝えながらの交わりは、ルイーゼの心と体を奥底から温め、今もしっかりと握りしめてくれているようだ。

「嘘だろう、どうしてランドルフ侯爵が王都に？」

「初めて見たわ。なんて素敵な方なの……」

息を飲むようなざわめきが、大広間に足を踏み入れた二人を中心に広がっていく。

間もなく彼らがクライドの隣に立つルイーゼの正体に気付くと、それはまた違う意味合いを帯びたざわめきになるのだ。

「まさか、一緒にいるのはルイーゼ・ローレン？」

「まあ。行方不明になって、アラン殿下との婚約を解消されたと聞いたけれど……」

「いつの間にランドルフ侯爵に取り入ったんだ？」

「さすが悪女の名に恥じないわね」

囁きに包まれながらも、ルイーゼは顎を上げて、まばゆい大広間に踏み出していく。

一度だって、俯かない。

俯く理由なんて、どこにもない。

今日のルイーゼは、カロリンが「会心の出来ですわ」と太鼓判を押したドレスをまとっている。

全体は光沢のあるあでやかなフューシャピンク。上半身は体のラインにぴったりとフィットして、腰は引き絞られている。一見、ルイーゼのメリハリが効きつつすらりとしたスタイルを強調するシンプルな形でありながら、決して地味に思えないのは、ふんだんにあしらわれた精緻な刺繍のおかげだ。

「ねえ、ご覧になって、あの刺繍の素晴らしさ」

「横側から見ると、さらに素敵だわ」

腰の後ろには、たっぷりとしたフリルのトレーンが別布で付けられている。それは華やかにうねりながら、床の上にまで届くほどだ。

化粧もカロリンの指導を受けて、ロッテと一緒にばっちり習得してきた。ただ濃く強くするだけではない。ふんわり自然に、だけどたっぷり華やかに。鏡の中、表情のすべてを生き生きと見せてくれる化粧を施した自分の顔を、ルイーゼはまじまじと見つめたものだ。

この姿になって初めて、これが自分の顔だと思えた。なんだか愛おしくて、笑みが……いや、涙がこぼれそうになる。

一方、会場のほぼすべての令嬢がまとっているのは、バルバラに倣ったスタイルのドレスである。それらはスカートの下にボリュームのあるパニエを着込んだもので、左右に大きく張り出している。可憐なバルバラが着るととても似合うが、最近はパニエの大きさを競い合い、歯止めが利かなくなっているところがあった。それに比べるとルイーゼのドレスは、華やかでありながら動きやすい。

大理石を踏む足取りが、自然と軽くなっていく。母やイザベラから時に厳しく仕込まれた礼儀作法、少女の頃から受けていた王太子妃候補としての教育は、すべてこの日のためのものだったのに違いない。

「言うまでもないから言わなくてもいいかと思ったが、やっぱり一応言っておく」

広間の中央で、クライドはルイーゼの額に口付ける。周囲が息を飲むのが分かった。

「この広間で、君が一番いい女だ」

「クライド様、同じ言葉をお返ししますわ」

二人は、くくっと微笑み合った。

「踊るか」

「えっ……いいのですか？」

演奏が切り替わり、テンポの速い曲が流れてくる。ごく自然な動きで、クライドはルイーゼを広間の中央へといざなった。

「約束しただろう。言っておくが俺は、足を踏み抜かれても怒りはしない」

ルイーゼは目を丸くして、それから笑う。

ここに残してきたたくさんのほろ苦い記憶をすべて、クライドが塗り替えていってくれるような気がしていた。


「クライド様、わが父がぜひご挨拶をしたいと申しているのですが」

案の定というかずるいというか、クライドはダンスも驚くほどに上手だった。決してしきたり通りの動きではないのに見事に曲の先を感じ取り、気持ちよく導いてくれるのだ。

シェラード製のドレスがとても動きやすいこともあり、ルイーゼもかつてないほどのびやかに、楽しく踊ることができた。

先日報告に来てくれた騎士団副団長の公爵令息が壮年の男性を伴って近付いてきたのは、一曲踊った二人がひと息ついていた時である。

理性的にバルバラから距離を保っている、貴重な公爵家の当主だ。話をしておく価値はあるだろう。

ルイーゼと同じことを考えたのか、クライドは軽くうなずいた。

「ルイーゼ、ここで待っていろ。すぐに戻ってくるから」

周囲の視線をたっぷり集めながら耳元で囁くと、白いジャケットを翻して、大広間から去っていく。

「なんて素敵なの……」

「こんなお似合いの二人、見たことがないわ。アラン殿下とバルバラ様よりもずっと」

「しっ。そんなことを言っては駄目よ」

ざわめきに表情を変えないまま、ルイーゼはそっと深呼吸をする。


「本日の夜会では、せいぜい目立っていただきたい」

出発前、ランドルフ侯爵邸の暖炉の前で、イアンは眼鏡を押し上げた。

「お二人が夜会に出席すれば、警戒は王城に集中するでしょう。その間に、私が別動隊を率いてローレン伯爵邸に潜入し、薬草を回収してまいります」

イアンの説明を、ルイーゼは緊張して聞いていた。

「国王陛下と女王陛下を治療できさえすれば、状況は大きく変わります」

イアンの提案に頷くと、ルイーゼは居住まいを正した。

今度は自分の番だ。

「イアン様、クライド様、お二人に伝えておかねばならないことがあります」

怪訝そうな表情を浮かべた二人に、ルイーゼはバルバラのチート能力のことを打ち明けた。

父もアランも、聞く耳を持たなかったことだ。

悲痛に訴えるルイーゼに、ただ自分の罪をごまかしているだけだろうと冷たい視線を浴びせた挙句、最後には頭がおかしくなったのかと嘲笑した。

だけど二人には、絶対に理解してもらわなくてはいけない。

「バルバラの目を見てはいけません。彼女には、相手を自在に操る力があります」

「そんな魔女のような能力を持つ人間がいるとはとても思えませんが……」

「真実です。お願いですから信じてください」

イアンは戸惑いを隠せない様子だったが、しかしクライドはあっさりと頷いた。

「ルイーゼがそう言うからにはそうなんだろう。イアン、騎士隊にも伝えろ。バルバラ・ローレンの目を見るなと」

当たり前のような顔で指示を出すクライドに、イアンも了承の会釈を返す。

ただそれだけのやり取りで、ルイーゼはもう涙が溢れそうになっていた。

（クライド様が、私を信じて下さっている。誰も信じてくれなかったことを、あんなにも迷いのない目で）

クライドの背を見送りながら、ルイーゼは大きく息を吸い込んだ。

（バルバラ、早くここに来て。私はここにいる。もう絶対に逃げたりしない）


周囲の令嬢たちと言葉を交わしつつ、少しの時間を過ごした頃だ。

甘い匂いに振り返ると、人々の間から一人の青年が歩み出てきたところだった。

「ああ、やっぱり君だったのか……見違えたよ、ルイーゼ。なんて……なんて綺麗なんだ」

金色の髪に青紫色の瞳。端正で柔和な顔立ちの、すらりとした青年。

ついひと月前までルイーゼの婚約者だった王太子、アラン・ザレインだった。


アランは元々、華やかな人だった。

甘く優しい顔立ちでおしゃべり上手。賑やかな場所も大好きで、夜会では仲の良い貴族令息たちを常に引き連れ、堂々としていたものだ。

だけど今、自信に満ちていた目元からはすっかり光が失せ、くっきりとした隈《くま》が浮かぶ。頬はこけ、纏う服もどこかくすみ、投げやりな空気をかもし出している。

「アラン殿下……」

まるで別人だ。常に自信たっぷりに振る舞っていたアランは、どこに行ってしまったのか。

周囲が遠巻きに見守る中、アランはどこかおぼつかない足取りで近付いてくる。

「君が行方不明だと聞いた時は驚いたよ。とても心配していたんだ」

かすれた声で言い、アランはルイーゼを凝視した。

「申し訳ありませんでした。何もお伝えしないままで……」

アランに会うことは予想していたが、ここまで変貌しているとは思っていなかった。

「いいよ。僕こそ、君を傷つけてしまったことを、最近ひどく後悔していたんだ。謝りたくてたまらなかった」

顔に長くとどまっていた視線が鎖骨から胸元へ、腰から足元へ降りて、また上がってくる。あまりに無遠慮に見つめられて、ルイーゼはぞくりとした。

「殿下。私はもう傷付いておりませんし、殿下に謝っていただく必要もございません」

幼い頃、いつの間にか決まっていた婚約者だ。

恋愛感情はなかったが、人々の輪の中心で華やかに笑うアランを眩《まぶ》しいと思ったし、彼を支えたいと思っていた頃も確かにあった。

だけど、今は違う。もうそんなものはずっと前、遠くに置いてきてしまった。

アランは目を見開いてルイーゼを見つめたが、やがて曖昧な笑みを浮かべてうなだれる。

「……ルイーゼ、それでも僕は君に許してほしいんだ。あの頃は本当にどうかしていた。君だってそうだろう？　君は元々、悪女と呼ばれるような人じゃなかったはずなのに。まるで何かに操られているかのように……」

沈黙をどう受け取ったのか、アランは薄い笑みを浮かべると、ルイーゼの頬に手を伸ばしてきた。

「今の君を見て驚いたよ。すごく綺麗になった……真っ赤なドレスや厚い化粧より、そういう姿が似合っていたんだね。ルイーゼ……僕たち、もう一度やり直せないか。今度こそ、君を王太子妃にしても……」

喉奥からせり上がる不快感に、ルイーゼがその手を振り払おうとした時だ。

「俺のパートナーに何の用だ」

背後から伸びてきた腕が、アランの手首をパシリと掴んだ。

「クライド様……！」

今まで見たことがないほどに冷たい光を切れ長の目にたたえ、クライドがアランを見据えている。

「クライド・フォン・ランドルフ侯爵……放せ、無礼だろう」

「これは失礼。まさか人のパートナーに軽率に触れるような無礼な男が私の従弟殿だとは思わなかったもので」

口調はかろうじて丁寧だが、アランよりも高い位置からわずかに顎を上げて見下ろす、クライドの態度にはほんの少しの敬意もない。

「クライド……僕は王太子だぞ」

アランは、口元をひきつらせながらクライドを睨んだ。

「殿下こそ。ルイーゼに話しかけるなら、私を通していただきたい」

周囲の人々が静まり返って見守る中、クライドは鋭い声で言い放つ。

「そもそも、貴様を許すか許さないかはルイーゼの決めることだ。彼女を傷つけておいて、被害者のような顔をするな。無闇に楽になろうとするな。仮にもこの国の王太子を名乗るのならな」

蒼白《そうはく》になったアランの唇が震えている。ルイーゼは、慌ててクライドに囁いた。

「クライド様、いったん控え室に戻りませんか。人ごみに酔ってしまったようです」

その様子を血走った目で見つめていたアランの口元が、醜い笑みの形になる。

「……クライド・フォン・ランドルフ侯爵。王位継承権第一位を僕に奪われたことを、未だに根に持っているのか。北の辺境を治めるだけでは飽き足らず、僕から婚約者まで奪おうとするとはな」

笑いながら、両腕を左右に広げた。

「クライド、ルイーゼは可愛いだろう。そんな生意気そうな顔をしながら、意外と嫉妬深いからな。僕がバルバラと仲良くしている様子を、涙を浮かべて見つめていた。僕は今でもあの時の顔を思い出すと、ぞくぞくと震えが来てしまうね。ああ可哀想なルイーゼ、僕に裏切られた傷心に任せて、野蛮な狼に身を捧げるなんてさ……！」

「クライド様、駄目っ……！」

クライドの身体が、素早く動いた次の瞬間。

ぱんっ……。

笑みを深めたアランの汚れた靴の足元を、クライドは勢いよく払っていた。

「えっ⁉　わ、うわっ……わわっ……！」

不意を突かれたアランは、とっさにバランスを取ろうとした。しかし元々おぼつかなかった足元が、すぐに踏ん張れるはずもない。

大広間中が息を飲んで見守る中、ほんの少しの間、アランは無様に一人でその場を舞った。

「うわっ……！」

もんどりうって倒れ込みかけ、尻が大理石の床に付きそうになるその直前のギリギリのタイミングで、クライドはアランの腕を掴んだ。

「どうかしましたか、殿下」

無様な姿にアランを固定したまま、平然と言ってのける。

「おま、おまえ、僕にこんなことをして許されるとでも……」

「ネズミが足元にいましたから」

「は……？」

「殿下の足元に大きなネズミがいたので追い払って差し上げただけです。この城は、大きすぎて掃除が行き届かないのかもしれない。ああ、それとも」

アランの腕を掴む手にギリリと力を込めながら、クライドは不敵に笑った。

「無様に地を這うネズミに共感するあまり、殿下は寛大に放置されているのでしょうか。これは失礼」

ぷっ、と誰かが吹き出す。

「くそっ……。今笑ったのは誰だ！　出てこい！」

しかし三人を二重にも三重にも取り囲む招待客は、みな視線をそらし、扇で口元を隠してしまった。

その中の一人に目を止めた時、ルイーゼはくっと唇を噛む。

いつの間にか、バルバラが最前列に立っていた。菫色《すみれいろ》のドレスはパニエで左右に大きく膨らみ、色とりどりの大きな宝石がびっしりと縫い付けられている。バルバラは両脇に宰相令息と騎士団長を従えて、わめく王太子と見下ろすクライドを無表情に見つめていた。

敢えてゆっくりルイーゼと視線を絡ませて、バルバラはにっこりと微笑みかけてくる。

「行くぞ、ルイーゼ」

「きゃっ……」

足元がふわりと揺れて、ルイーゼは自分が抱き上げられていることに気が付いた。先ほどとは違う種類の吐息や歓声が、周囲からこぼれる。

ルイーゼの身体を両腕で抱き上げて視線を一身に浴びながら、クライドは大広間を横切っていく。

「クライド様、下ろしてください、きゃっ……⁉」

廊下に出ると、クライドは一度大きな溜息《ためいき》をつく。そして抱き上げたままのルイーゼの唇を、咬みつくように自分のそれでふさいだ。

「んっ……」

すぐに口の中に舌が入ってくる。声を出すことすら許さないような、吐息までも貪るようなキスだ。いつもより、ずっと余裕がないような。

たっぷりと時間をかけた口付けの後、クライドはもう一度さっきより艶っぽい溜息をつき、腕の中のルイーゼの額に自分の額を寄せる。

「悪くないかと思ったが、やはり夜会ってのはつまらなくて最高に不愉快だな」

「クライド様、アラン殿下が言っていたのは真実ではありませんよ？　そりゃ、殿下がバルバラと楽しそうにしているのを見るのは寂しかったですが、それはアラン殿下が好きだからというより、どうしていいか分からなかっただけで……」

話の途中でまたキスをされる。

「や、もう、待って、これじゃ話ができない……」

「その名前を口にするなと言っただろう」

「そ、んな……」

「別に、君があの男のことを過去にどう思っていたとか、そんなことはもうどうでもいい」

口の両端に力を込めて吐き捨てて。

「嘘だ。やっぱりものすごく不快だ」

すぐに認めた。

「君があいつの婚約者だった過去も、あいつが君をいじめてたってことも消し去りたい」

「クライド様……」

「君をいじめるのは、俺だけで充分だ」

「クライド様……？」

ふっと笑って、クライドはルイーゼの目元に優しく唇を寄せた。

「言っただろう。俺は君のことになると欲が止まらなくなる。約束してくれ。これから先永遠に、君の感情を揺らす男は俺だけだと」

クライドがじっと見つめてくる。切れ長の瞳は真摯に想いを乗せてくる。息が止まりそうなほどに、苦しくなるほどに熱い想いを、惜しみなく降り注いでくれる。

「クライド様、だけです。私が大事に思うのは。苦しいのも、嬉しいのも、悔しいのも……大好きなのも、これからずっと、クライド様だけ」

必死で気持ちを言葉にすると、クライドはもう一度、今度は優しく口付けてくれた。

「俺の知らないところで、二度と泣くな」

はあ、と息を吐き出して、乱暴にアスコットタイをほどく。

「……控え室で人払いをしよう。とりあえず今すぐ抱く」

「えっ……何を言っているんですか。だめですよ。絶対にだめ。ここは王城ですよ？」

「大丈夫だ、すぐにそんなことどうでもよくしてやる」

「もう、クライド様ってば、隙あらばそういうことばかり」

「当たり前だろう。好きな女を抱かない理由なんてどこにもない」

不敵に言い放ったクライドが、もう一度口付けようと首を傾ける。首筋に銀色の髪がかかり、目元に甘やかな色気が漂って。

（ああ、もうこれは……ずるい。こんなのって……）

甘く気持ちをさらけ出すようになったクライドの、なんと罪深いことか。逆らうなんてできそうにない。

その唇を受け入れようと、ルイーゼがそっと目を閉じた、まさにその時。

「クライド様、ルイーゼ様……!!」

廊下の奥から、切羽詰まったような甲高い声が響く。

飛び出してきたのはザシャだ。ベストに蝶ネクタイ、半ズボンという正装に身を包み貴族の子弟らしく髪もセットしたザシャは、ルイーゼとクライドの姿を見とめると、ほっとしたようにさらに何かを叫ぼうとして。

その細い身体が、背後から伸びてきた太い腕に拘束される。

「やめろ、離せ!!」

暴れるザシャを抱え上げるのは、近衛騎士団の団服を着た男たちだ。

「ルイーゼ様……逃げて‼」

ザシャの口元を抑え、一歩前に進み出た黒髪の男が抑揚のない声で告げた。

「ルイーゼ・ローレン嬢。私たちと同行していただきたい」

攻略対象の一人、近衛騎士団長だ。たくましい身体つきをした彼は、ぎろりとルイーゼに視線をやる。

「彼女がこの俺の大切な人と知った上での申し出か。そんなことは許さない」

言い放つクライドの腕の中から、ルイーゼはそっと床へと降り立った。

「クライド・フォン・ランドルフ侯爵閣下。恐れ入りますが事態はその次元ではない」

騎士団長は表情を変えることもなく、淡々と——衝撃的な、事実を告げた。

「つい先ほど、国王陛下が崩御された。夕方の薬を口にした瞬間、容態が変わったのだ」

言葉を失うルイーゼの前に、騎士団長は見覚えのある首飾りを突き付ける。

「陛下の寝室の薬棚に、この首飾りが残されていた。ルイーゼ・ローレン伯爵令嬢、あなたには、国王陛下暗殺の容疑がかけられている」

＊

いつの間にか、窓の外は暗くなっている。

控室の椅子に腰を下ろしたルイーゼは、薄暗い冬空を見上げた。

「クライド様は、どうなってしまうのでしょうか……」

窓辺に立ったロッテが、青ざめた顔でつぶやく。ルイーゼは、膝の上の手をぐっと握りしめた。

「俺が行く」

あの時、騎士団から身柄を拘束されかけたルイーゼを、背中に庇ったままクライドは言った。

「ルイーゼ・ローレンは、今俺の庇護下にある。たとえ国王暗殺の容疑がかかっているとしても、俺の意志に反して彼女を連れて行くことは許さない」

「ランドルフ閣下、しかしそれでは」

「かわりに俺が行くと言っている。クライド・フォン・ランドルフの身柄で何か不満があるのか」

一分の反論も許さないように切り返し、クライドは周囲を圧倒するように進み出た。

「クライド様」

「ルイーゼ、ランドルフ邸で待っていろ。すぐに戻る」

囁くと、クライドは不遜な表情で騎士団を見やる。

「いいか、代わりに俺が貴様らと同行してやる。尋問でもなんでも俺に対して行えばいい。だが、ルイーゼは駄目だ。彼女に無理やり手を出すことは、王家でも許さない。北部を敵に回す覚悟があるのか」

反論を許さない強い口調に、騎士団員たちは顔を見合わせて小声で意見を交わし合う。

「クライド様、そんなことは駄目です。私の身代わりだなんて」

「承知致しました。それでは閣下はこちらに。ルイーゼ殿は一旦控え室にお戻りください。迎えの馬車が着きましたら、ご案内いたしますので」

そうしてクライドは、ルイーゼとザシャをその場に残して、騎士団員たちと去って行ってしまったのである。


そして今、王城の控室で、ルイーゼたちは迎えの馬車を待っている。

「ルイーゼ様」

いつの間にかすぐ隣に立っていたザシャが、囁きかけてきた。

「父上に、このことを伝えないと」

「ザシャ……」

イアンは今頃、最小限の精鋭を率いてローレン邸に潜入しようとしているのだ。クライドが拘束された今、確かにその計画は中断すべきだろう。

「隙を見て抜け出します。奥の窓、僕なら通り抜けられますから」

ルイーゼは驚いてザシャを見返した。

そんな危険なことをさせられない。そう言おうとしたが、強い決意を帯びたザシャの瞳に息を飲む。

ザシャは、今自分ができることを考えたのだ。ランドルフ家の家臣として、みんなのために自分の力が生かせることを。

ルイーゼは部屋の入り口を見た。

正面の扉には、騎士団員が二人扉を挟むように立っている。ルイーゼやザシャに何かできるとは思っていないのか、完全に油断をしているようだ。

「分かったわ、ザシャ。見張りのことは私に任せて」

「お気を付けて、ルイーゼ様」

頷いて、ルイーゼはザシャの手に自分の手を重ねた。

「頼んだわよ、ザシャ。あなたならできるわ。イアンさんたちを止めて」

ザシャは緊張した表情で、だけどしっかり頷いた。

ルイーゼは立ち上がると、ゆっくりした足取りで、入り口の騎士団員たちの元に近付いていく。

「ねえ、お腹《なか》が空いたんだけれど」

騎士たちはぎょっとしたようにルイーゼを見る。

「食事を運んでくれない？　茸《きのこ》のパイと鴨肉《かもにく》のコンフィと、あとはベリーのアイスクリームがいいわ。だけど冷たくなった肉料理や固くなったパイなんて冗談はやめてちょうだいね。作りたてを持ってきなさいよ。無能なあんたにも分かるでしょう？」

呆れたように視線を合わせて、騎士の一人は肩を竦める。

「伯爵令嬢、自分の立場を分かってるのか」

「うるさいわね、私を誰だと思っているの！」

パン！　と近くのチェストの上を片手で叩く。予想以上にてのひらがじんじんと痺《しび》れるのを顔に出さないように耐えていたら、細い花瓶がくらりと揺れて床に落ちた。

ガシャンと音を立て、花瓶が粉々になる。

「うわ！」

「きゃあ⁉」

騎士とロッテが声を上げたが、ルイーゼは自分でも驚くほどに冷静にその様子を見下ろすことができた。視界の端からいつの間にかザシャが消えているのを確認できるほどに。

「ったく、本当に悪女だな……」

騎士の一人がつぶやくのが聞こえると、なんだか胸がすくような想いすらする。

(そうよ、ルイーゼ・ローレンは稀代の悪女なんだから。もっと強くいなくては)

怯えて震えていても仕方がない。ザシャがそうしたように、状況を少しでも良くするため、出来ることをやっていく。そうして考えるのだ。クライドを救い出す方法を。

(──クライド様)

クライドは、ルイーゼを守ると誓ってくれた。ルイーゼの代わりに身柄を拘束されてまで。

(だけど、私だってクライド様を守らなくては。ううん。守りたいんだもの)

「ルイーゼ様……」

床を片付けながらロッテが涙目で見上げてきて、ルイーゼは我に返った。

事情を詳しく話せなかったこともあり、ただのルイーゼの里帰りへの同行だと思い込んでいたロッテは、初めての王都をとても楽しみにしていた。昨日の昼は観光をして、みんなへのお土産を買えたのですと嬉しそうに報告してくれたというのに。

大丈夫よと安心させるために、ルイーゼはロッテの丸い瞳を見つめて力強く頷いてみせる。

その時、唐突に疑問が浮かんだ。

ルイーゼが疑われた根拠となったのは、国王の寝室に残されていたという首飾りである。

現金を手に入れるために一旦は手放した母の形見の首飾り。やはり一番のお気に入りだが今日のドレスにはどうしても合わず、ランドルフ邸に置いてきたのだった。

（そうよ、そもそも……どうして、あれがこの城に？）

あの首飾りを持ち出すことは容易ではない。ルイーゼの荷物の奥底に、大切に忍ばせておいたのだから。

そんなことができるのはルイーゼ自身と、そしてもう一人、ルイーゼの身支度のすべてを手伝ってくれた……。

「大丈夫だったか、ルイーゼ。とっても驚いた。心配していたんだよ」

扉が開き、甘い匂いをまとわせながらアランが入ってきた。言葉と裏腹に、その顔からは表情が抜け落ちている。

先ほど大広間にいた時は、まだ彼らしさがあったのだと愕然とする。今のアランの目は暗く濁り、まるで汚れたガラス玉だ。

(アラン様、一体どうしてしまったの……)

「クライドは連れていかれてしまったのか。でも、安心して。僕が付いているからね」

伸ばされた手をとっさに避けて、ルイーゼは一歩後ずさる。

「殿下の助けは必要ありません。今、ランドルフ侯爵邸からの迎えを待っていますので」

アランはゆっくりと首を振った。まるで読み上げるように淡々と言う。

「そんなこと心配しなくていいよ。ランドルフ侯爵家の馬車なら、今ごろ崖の下だろうから」

「な……」

さらに一歩後ずさる。

「何を言ってるんですか、アラン殿下……!」

背中が、何かにとんと当たった。振り向くとそこには、ロッテが立っている。

――うつろな、光のない瞳で。

とっさに翻したルイーゼの身体を、ロッテがぐっと羽交い絞めにした。

「やっ……何を……ロッテ!?」

ものすごい力だ。ギリギリとルイーゼの腕を背後から押さえるロッテの顔からは、いつもの明るい表情も、はじけるような生気も感じられない。

（ああ、ロッテ、ひどい、なんてこと……）

「殿下、どうして……ロッテに何をしたんですか⁉」

懐から布を取り出して、アランは笑う。

「僕は何も知らないよ。昨日、バルバラが君の侍女を説得に行くとかなんとか言っていたけど、どんなふうに説得したのかまでは聞いていない。僕はいつだって、何も知らないんだ。なぁんにもね」

アランが、ルイーゼの顎を掴んで顔を固定する。

「ルイーゼ、怖がらなくていいよ」

「やめてください、アラン様……！」

「大丈夫、僕が付いているよ。安心して」

布が、鼻と口に押し当てられる。ツンとする刺激臭。吸ってはいけないと思った時には、身体から力が抜けていく。崩れるようにひざを折り、床に倒れたその直後、意識は真っ暗に染まっていた。

＊

甘ったるい匂いに意識を取り戻すと、両手を拘束されたまま埃っぽい絨毯《じゅうたん》の上に転がされていた。

「ん……」

もう一度きつく目を閉じて、そっと開く。

頭の芯がくらくらするが、吐き気はない。視界も徐々にはっきりしてきた。呼吸も……大丈夫だ。

極力身じろぎしないままに、ルイーゼは必死で自分の身体の感覚を確認していく。

においと症状から、アランが使用していた薬の種類を割り出す。即効性はあるが、後遺症はない睡眠薬だろう。大丈夫だ。足先も手先もしびれてはいない。

「きゃっ……」

ゆっくり瞬きをして開いた時、こちらを覗き込む顔のアップが目に飛び込んできて、思わず声を漏らしてしまった。

「お姉様、おはよう」

覗き込んできたのはバルバラだった。傍らには、うつろな目をしたアランが立っている。

そこでようやく、ここがローレン伯爵邸であることに気が付いた。生まれ育った伯爵邸の暖炉の前。なじみのある居間だと分からないほどに、一面ひどく埃をかぶって、花瓶の花も枯れ、廃墟《はいきょ》のように荒れ果てていた。

薄暗い部屋の中には、バルバラとアランの他に、床に転がる人影が二つ。

「ん……」

「ロッテ……！　お父様……!?」

縛られて猿轡《さるぐつわ》を噛まされた姿で転がされているのは、くったりと目を閉じたロッテと、そしてローレン伯爵……ルイーゼの父親だった。

髪は乱れ、髭《ひげ》は伸び放題。目は落ちくぼみひどく痩せこけている。

「う……」

ルイーゼが目に映っても何も理解できないのか、伯爵はくぐもった声を上げるだけだ。

「ちょっと催眠をかけすぎたみたいなの。処分の方法を考えていたところだったから、一石二鳥ってやつね」

ローレン伯爵を爪先で小突くと、バルバラは朗らかに笑う。

「ねえ、お姉様。あなたも外の世界から転生してきたんでしょう？」

すとん、としゃがみ込んだバルバラは、自分の膝の上に立てた両腕にちょこんと顎を乗せた。

「驚いたわ。きっとあの夜、階段から転げ落ちた時に思い出したのね。それまでは私の言いなりのお人形さんだったもの」

ルイーゼの襟元を引き寄せて、にっこりと顔を覗き込む。

「ねえ、お姉様はどれくらいのガチ勢だったの？　ガチャにはどれくらい課金した？　何周したの？『蝶わす』の真髄は、やっぱり裏シナリオに尽きるわよね？　私は、百人の美形男子を裸にして並べたスチルが一番好きよ。あとは宰相令息を監禁して、目の前で彼の幼馴染の婚約者を凌辱させるシーンも大好き」

うっとりした顔でまくしたてると、バルバラは赤い舌で唇を舐める。

細い指先がルイーゼの首元から胸元へと辿り、ドレスの胸元のリボンを、するすると解いていく。

「私は、裏シナリオはやっていないわ。六人目のシナリオまでしか進んでいないもの」

必死で呼吸を整えて、ルイーゼは答えた。

「はぁぁあ～～～？」

野太い声ですごむと、バルバラはルイーゼの髪を掴む。力任せに引き寄せた。

「そんな素人が口出さないでくれる？　あんたなんか、シナリオ通りに悪役をまっとうしときゃよかったのに」

突き飛ばされて床に倒れ込んだルイーゼの肩を、バルバラは尖ったヒールのかかとで踏みつけた。

「あっ……」

杭《くい》を打ちつけられたように肩が痛む。バルバラはけらけらと笑った。

「じゃあ知らないのね、裏ルートの始まり、ルイーゼ・ローレンが死ぬ理由を」

ルイーゼの髪を引っ張って、バルバラは顔を覗き込んでくる。

「あんたはね、ルイーゼ。主人公を虐めまくった罪で断罪されて、追放されかけて逆上して、国王陛下を暗殺するという大罪を犯すのよ。だけど結局攻略対象たちにつかまって、凌辱の末惨殺されるの。いろいろあったけれど、どうにかシナリオ通りの展開に戻せそうでほっとしているわ」

うっとりと、バルバラは舌なめずりをする。

「あんたはある意味とっても重要なキャラクターよ。私が女王として君臨する裏ルートに進むには、国王なんて邪魔なだけでしょう。分かる？　あんたが国王をぶっ殺さないと、裏ルートは始まらないの。だから今まで、殺さないでいてあげたのに」

調子に乗ってクライド様に接近するなんて、と叫びながら、バルバラはルイーゼの腹を蹴る。息が詰まるほどの衝撃に、ルイーゼは激しく咳込んだ。

「こ、こんなことをしたって、無駄だから。クライド様は、あなたの思い通りになんかならない」

バルバラは、ちょこんと小首をかしげた。知らない人が見たら、未だに罪のない少女だとでも思ってしまうような、無邪気な笑みを浮かべる。

「そうね、さすがクライド様は一番人気の最強キャラだわ。だから私も、慎重を期すことにしたの」

楽しくてたまらないというように、バルバラは笑った。

「彼は今王城で、私の催眠をたっぷり受けて昏睡《こんすい》状態に陥っているわ。ついでに、考える力を奪う薬もたーっぷりと使っちゃった。そこの王太子殿下に使ったのの十倍の量を、一気にね」

「な……」

王城に漂っていた、甘ったるい匂い。アランたちの光のない目。

それは、カラミナの花と同様に禁忌の薬として母が処方箋を封印していた、人を駄目にする薬。麻薬のような薬の特徴だ。

「あなた、あんな薬を作ったの？」

「すっごく役に立っちゃった。あんたのお母様の資料」

ニヤニヤと笑いながら、バルバラは両手を広げる。

「そんなものを使わなくても、あなたには人を操る力があるのに」

「だって効率がいいじゃない？　主人公のチート能力と人を駄目にするこの薬があったおかげで攻略がぐっと楽になったし、これさえあればこの国……ううん、この世界のすべてが私に跪くのよ」

「バルバラ、そんなこと許されない」

うんざりしたように、バルバラは盛大な溜息をつく。

「うるさいわね。別にあんたに許される必要ないし。しょせんデータよ。こんな世界」

「データじゃない。そんなことない。バルバラ、たとえ私を殺しても、攻略対象を操ったって、この世界に住むたくさんの人たちが、あなたの勝手を許さないわ」

盛大に舌打ちをして、バルバラは立ち上がる。

「あーうるさいうるさいうるさいうるさい‼　こっちの世界に、私に説教する女なんかいらないんだよ‼」

蹴られたルイーゼの身体は、ロッテの足元に倒れ込む。

「んんん～～～‼」

意識が戻っていたのか、猿轡を噛まされたまま、ロッテが必死で首を振っている。目からは涙があふれ、顔が真っ赤になっている。

「大丈夫よ、ロッテ。怖かったでしょう、ごめんなさい。あなたが操られていただけだってこと、私、ちゃんと分かってるから」

つぶやいて、ルイーゼはふらつく膝を突いて上半身を起こした。

「麗しいわね。だけどそんな余裕がどこまで続くかしら？　この屋敷にはもうすぐ火をかけるわ。あんたたちは、仲良く焼け死ぬの。薬の処方箋も全部消えるころには、クライド様も目を覚まして私の脚を舐めるわ。裏ルートのはじまりよ‼」

大声で笑うバルバラを見上げながら、さっきまでの恐怖や絶望が、だんだんと消えていくのをルイーゼは感じていた。

ずっと、バルバラが恐ろしかった。

三年間いいように操られ、前世を思い出してからも、チート能力を持つバルバラに対抗できるすべなどないと思っていた。

だからクライドに頼ったのだ。クライドを強引に誘惑するしか、自分が生き残る道はないのだと。

でも、今ならよく分かる。それではバルバラと変わらない。

「バルバラ、そんなことをしても、クライド様はあなたのものにはならない。攻略対象の、ううん。この世界の全員がそうだわ。誰だって、私たちの思うとおりになんか動かない」

バルバラは醜悪な顔でルイーゼを睨む。歯を剥き出しにして凄《すご》んだ後、やがておぞましく笑った。

「ルイーゼ、いつの間にそんなに生意気になったのかしら。さっさと焼き殺してやるつもりだったけど気が変わったわ――アラン様？」

一呼吸を開けて、床に座り込んでいたアランが、ゆらりと顔を持ち上げる。

その瞳からは生気も意志も、魂さえも既に抜け落ちてしまったようだった。ただゆらぁりと、バルバラの言葉に吊り上《つ》《あ》げられるように、アランはその場に立ち上がった。

「アラン様、あなたの欲望を叶《かな》えさせてあげる。今すぐここで、ルイーゼを凌辱しなさい。侍女と父親の見ている前で、さんざんに嬲《なぶ》り尽くしてやるのよ！」

バルバラが、アランに目を向ける。その一瞬、ルイーゼは勢いよく立ち上がった。

手首を拘束していた紐と陶器のかけらを、打ち捨てる。

さっき控室で倒れた瞬間、割れた花瓶の破片を握りしめておいたのだ。

そのまま、身をひるがえして部屋の扉を開く。

「追うのよアラン、捕まえなさい！」

背中に金切り声を受けながら、ルイーゼは冷たい廊下を走る。ここは、生まれ育った伯爵邸だ。暗く荒み切ってしまっているが、目をつぶってもどこに何があるか分かる。

角を曲がって階段を駆け上がり、右へ進んで突き当りの扉を体当たりで開いた。

その先に見えるのは、懐かしい、自分の部屋だ。

あの日ここで目覚めた時、自分はすべてを思い出して、そしてクライドのところに行こうと心を決めたのだ。悪役令嬢に転生していた絶望とバルバラへの恐怖、時間がないという焦燥に追い立てられながら、最小限の荷物を抱えて、ただひたすらに、北を目指した。

不意に、あの日から今までの日々のすべてが胸に押し寄せてきて、ルイーゼは息が止まりそうになる。

（クライド様……）

一番強い催眠をかけた、とバルバラは言っていた。

ロッテもアランもルイーゼの父も、そして何よりルイーゼ自身も。自分が何者なのかも分からなくなってしまうほどに、バルバラの催眠は強力だ。さらに、薬まで使われてしまっては。

喉の奥が苦しくなって、ルイーゼは喘ぐように息を吸う。

——俺が見ていないところで泣くな。

目元を擦り、壁に下げた鏡を外した。その裏に作りつけた戸棚があるのだ。中から干した薬草をつかみ取り、両手の掌で擦り合わせる。

背後から、肩を掴まれた。

表情を失ったままのアランだ。その後ろには、バルバラも。

ルイーゼは、振り向きざまに掌で潰れた薬草をアランの目に擦りつける。

「くっ……！」

掻痒《そうよう》感に目を庇ったアランの脇をすり抜けて、反対の扉に向かったルイーゼの足が止まる。部屋の中に、男たちが踏み込んできた。近衛騎士団長に、ローレン家の元執事、宰相令息に奴隷上がりの戦士、そして家庭教師の学者。みんなアランと同じように、生気のない顔をしている。

六人の「蝶わす」攻略対象たちがルイーゼを取り囲んだ。

「やっ……」

背後から腰が持ち上げられて、ルイーゼの身体は乱暴にベッドの上へと放り投げられた。

「ルイーゼ、感謝してちょうだい。あんたを地獄に落とす花道、盛大に飾ってあげるわ」

バルバラがけたたましく笑う。

「そうね、せっかくだから、悪役令嬢ルイーゼ・ローレンに戻してあげる。この世界の役割をまっとうして、凌辱されて死ぬといいわ」

アランに伸し掛《の　か》かられたルイーゼの顔を、バルバラががしりと両手で掴んで上向かせる。

「ほら、私の目を見るの」

「嫌よ、離して……！」

きつく閉じた目をこじ開けられる。そのままぐっと瞼を固定されてしまった。

紅い瞳が、ルイーゼを覗き込んでくる。

「ルイーゼ・ローレン。最後にいいこと教えてあげる。私もさっき、唐突に思い出したんだけど」

ぐるぐる、と瞳が回っていく。ルイーゼの頭の奥底に、無理やり入り込んでいくように。

「前世の私は『蝶わす』にドはまりしていたわ。だからあの朝もゲームしながら運転していて……横断歩道をちんたら歩いている女をはねた後、車ごと電柱に突っ込んだの。そして気付くと、この世界に生きていた。ねえ、あんたを初めて見た時に感じた違和感はこれだったのね。あんた、私があの時にはねた女だわ」

ケラケラとバルバラは笑う。

赤い瞳が揺れて、近付いて、離れて。遠くなり、飲み込んで。

「被害者のあんたが悪役令嬢に、そして私が主人公に転生できるなんて、本当に神様っていないのね。安心してよルイーゼ・ローレン。もう一度この世界に生まれ変わってきてもいいんだからね？　何度でも惨殺してあげるから‼」

内側から、ルイーゼを蝕《むしば》んでいく。それはあっという間に、飲み込んでいくように。

（前世？　交通事故？　私をはねた車……？）

分からない。もう、分からない。

違う。

駄目。

何よりも大切なことを。忘れてはいけないことを。忘れたくは、ないものを。

「クライド様……」

乾いた唇から、無意識のうちに言葉が漏れる。

「クライド、さま……！」


ガシャアン‼

けたたましい音が部屋に響き、バルバラが顔を跳ね上げる。

窓が、外側から勢いよく蹴破られていた。

「ルイーゼ」

夜闇に浮かぶ、青みがかった銀色の髪。窓を乗り越えて入ってくる、白い軍服、ピアスが光り、黒いブーツが床に散ったガラスを踏みつける。

「ルイーゼを虐めているのは、どこのどいつだ」

月の光を受けて、切れ長の瞳が研ぎ澄まされたナイフのようにギラリと光る。

「クライド様……⁉」

バルバラが悲鳴のような声を上げた。

「ど、どうしてここに……催眠と薬で、朝まで目覚めないはずなのに！」

コキリと首を鳴らして、クライドは鷹揚《おうよう》に部屋の中を見回す。ルイーゼにのしかかるアランとバルバラを見て、片眉をぴくりと上げた。

「ああ、あの茶の中に入ってた薬か。生憎《あいにく》、俺は毒にはかなり耐性を付けているからな。そんなものでいちいち反応したりはしない」

スタスタと迷いなくベッドに近付きながら、北部の海風より冷たい声で答える。

「あと、おまえがかけた催眠？　なんのことだ。ひたすら妄言をつぶやいて、可哀想な女だとは思ったが」

「なっ……‼」

「それに」

追い打ちをかけるように、クライドはニヤリと笑った。

「俺は、極上の悪女に既に誘惑されてしまっていてな。今さらおまえみたいな小物に何をされたところで、何も感じることはない。永遠にな」

バルバラの顔が朱に染まる。それに呼応するように、周囲に立ち尽くしていた攻略対象たちが一斉に動いた。

最初に剣を抜いたのは、バルバラが買った奴隷上がりの異国の戦士だ。褐色の肌をした彼が、剣を大振りにしながら斬りかかる。

クライドは一歩下がりながら一撃目を避け、すらりと抜いた剣で二撃目を跳ね上げると、戦士が体勢を整える前に左上から斬った。

血しぶきと唸《うな》り声《ごえ》、膝を突く戦士。その様子に学者と執事は蒼白だ。呆然と立ち尽くしていた宰相令息が、扉に向かって逃げ出した。クライドは足元に転がった戦士の剣を蹴り上げるとグリップを掴み、そのまま鋭くそれを投げる。

宰相令息の頬を掠めるように、剣は彼の目の前の扉に垂直に刺さった。

座り込む宰相令息の傍らからおもむろに歩み出てきたのは、近衛騎士団長だ。

水平に掲げた剣の切っ先を顔の真横に構え、クライドと視線を合わせたと思ったら、即座に斬り込んでくる。

クライドの反応は一瞬だった。身体の前に構えた剣を、グリップを中心に回転させ、団長の手元に打ち付ける。更にすかさず踏み込むと、剣先が団長の顎元を狙う。慌てて避けようとした団長は、後ろに倒れ込んだ宰相令息に躓《つまず》き尻餅をついた。

クライドは剣を一振りすると、ルイーゼの上にのしかかったままのアランを振り返った。

「アラン！　戦いなさい！」

バルバラの金切り声に呼応するように、アランが立ち上がり、両手でつかみかかっていく。クライドはそれをひらりと避け、剣を左手に持ち帰ると、右手でアランの頭を正面から掴んだ。

「ぐっ……」

だあん‼　そのままの勢いで、手加減なく地面にたたきつける。

その場に立つ男は、あっという間にクライドただ一人になった。

「クライド・フォン・ランドルフ侯爵。この国の王太子……いいえ、国王陛下亡き今、次期国王であるアラン殿下にそのようなことをしていいと思っているの？」

薄い笑みを張り付かせて、上ずる声でバルバラは叫んだ。

「次期国王？　おかしなことを言う」

クライドは軽く口の端を持ち上げる。

さっきクライドが入ってきた窓から風が吹き込んで、カーテンを大きく舞い上げた。

窓の外、ローレン伯爵邸を取り囲む小高い丘の様子が月明かりに照らされて……。

「っ……！」

バルバラが息を飲む。

丘の上にはずらりと、馬にまたがった騎士が並んでいた。全てが黒い隊服をまとい、青いマントをたなびかせ、丸い月が浮かんだ空には、青地に狼の牙が染め抜かれた旗がはためいている。

「おまえたちが国王陛下と女王陛下に何か月も毒を盛っていたことは、もうすべて分かっている」

「何の証拠もないわ」

バルバラには視線をやらず、クライドは床に這ったままのアランを見る。

「王都に来る前から、密かに陛下と連絡を取っていた。陛下はおっしゃっていた。自分は近く死ぬだろうと。王太子とその恋人に、殺されるだろうと」

ぴくり、とアランの肩が震える。クライドは表情を変えず、胸元から小さな瓶を出した。今度はバルバラの身体が震える。

「おまえたちが陛下に盛った毒は、前日に謁見した時に俺が入れ替えておいたものだ。まさか夜会の最中に事を起こすとは、想定外だったが」

「なっ……」

「陛下は亡くなってなどいない。ただ眠っているだけだ。今頃、意識を取り戻しているだろうよ」

緩慢な動きでアランが顔を上げる。目を見開いて、クライドの言葉をかみしめるように。

「冗談じゃない！　騎士団はどこに行ったのよ？　私には信奉者が掃いて捨てるほどいるんだか

ら！」

喚き散らすバルバラに、クライドは冷たい目を向ける。

「諦めろ。おまえが操った者たちはここには来ない。意志を奪ったのは自分だろう」

「嘘よ、嘘。そんなのシナリオにないもの！」

バルバラは、血走った目でルイーゼを見下ろす。

「ルイーゼ、クライドを殺しなさい！　私の言うことを聞くのよお姉様！　今までもそうしてきたでしょう！」

金切り声で、叫んだ。


「クライド・フォン・ランドルフを殺すのよ‼」


ひとり、暗闇の中にいた。

視界には何も映らない。いやちがう、紅い瞳がぐるぐると、近付いたり遠くなったりを繰り返している。

音も、光もない。いや、目の前に誰かが立っている。だけど、それが誰だか分からない。

ひどく現実感がない、上も下も分からない空間。

ここを、自分は知っている。

——殺せ。目の前の男を殺せ。


耳元でわんわんと響く声。太く恫喝してくる女の声。

指先に冷たいものが触れた。ルイーゼはそれを掴むとゆらりと立ち上がり、目の前の、銀色の髪の男に向ける。

「ルイーゼ、君がずっと恐れていたのはこれか」

沈黙を越えて、男が言う。言葉はただの音でしかなく、ルイーゼには意味が分からない。

だけど彼は、青緑の瞳を優しく細め、自ら剣先を自分の首筋に当てた。

「そんなに怯えた顔をしなくていい。大丈夫だ。俺は死なない。君を守ると誓っただろう」


——だめ。


さっきとは違う、声がする。これは、あの時もずっと聞こえていた声。

声の主が、振り返る。ああ、私だ。懐かしい前世の自分。

あなたがずっと、私を助けようとしてくれていたのね。

面影は急速にその輪郭を薄くしながら、それでも切実に叫んでいる。

――お願い、やめて。その剣を下ろして。目の前の人を、思い出して。

代わりに、見えてくるものは。今、一番見たい姿は。

「だから、何も怖がらなくていい。そんなに涙を流す必要はないんだ、ルイーゼ」

はたはたと、頬の上を熱いものが伝っていく。

最初は怖い人だと思った。必死な自分を蔑む冷たい人だと思った。意地悪で、自分勝手な人だと思った。

だけど今は違う。全然違う。

暖かくて、優しくて、楽しくて、わくわくして。

私に弱さを見せてくれた、とってもとっても、可愛いひと。

こんなものに飲み込まれてはいけない。もう二度と、私は繰り返さない。

だって、ここで生きていくと決めたのだから。

――彼と、一緒に。


剣が、震える手から落ちた。

視界に光が差し込んでくる。顔が見える。ずっと見たかった顔が分かる。

「クライド、さま……」

「ルイーゼ」

「クライド様、ごめんなさい……私、クライド様と一緒にいたい……」

一度軽く唇を噛み、クライドは一歩前に踏み出すと、ルイーゼをきつく抱きしめた。

身体全体で包み込むように、ドレスが破れて髪も乱れて、肩から血をにじませて、震えるルイーゼの身体をきつく抱きしめた。

「ルイーゼ、大丈夫だ。絶対に……もう二度と絶対に、離さない」

ただ必死でクライドにしがみつき、ルイーゼも震えるように嗚咽《おえつ》を漏らす。

「ふざけるな、こんなのおかしい、シナリオにない‼」

クライドの背後に、バルバラがゆらりと近付いてくる。血走った目で、落ちていた剣を振り上げた。

「クライド様っ……！」

とっさにクライドを庇おうと、ルイーゼが腕を伸ばした時。

バルバラの身体が一瞬反り返り、目を見開いたかと思うとそのままがくりと力を失い、崩れ落ちる。

「バルバラ……もう、終わりにしよう……」

その背後には蒼白な顔をしたアランが、震えながら立っていた。手には、バルバラの血で濡れた剣を握りしめている。

屋敷の中に騎士隊が踏み込んでくる。たくさんの足音が、叫び声が響いている。

「クライド様、ルイーゼ様、ご無事でしたか……！」

イアンの叫び声。

「よかった、よかったですルイーゼ様……！」

泣きじゃくっているのはザシャだろうか。

クライドが、自分の上着をばさりと脱ぐとルイーゼに被《かぶ》せて抱き上げた。

暖かい腕に包まれて、ルイーゼはゆっくりと、意識を失った。

最終章　輝かしい日

廊下を近付いてくる足音がする。

（クライド様だわ）

ルイーゼは、植木鉢をテーブルに置いた。

ランドルフ城の南の中庭に建てられた、クライドとルイーゼが生活する館の二階。

二人の寝室へと続く、ルイーゼの私室である。

振り返った時には扉が開き、案の定そこには青みがかった銀色の髪と青緑の瞳の、愛する人が立っている。

「クライド様！　おかえりなさい」

まっすぐルイーゼに近付いてその腰を引き寄せると、クライドはそのまま口付けてくれる。

一度離れた唇がもう一度合わせられる頃には、ロッテをはじめとしたメイドたちは、呼吸をするような自然さで目礼をして、順に部屋を出て行ってしまった。

「ただいま、ルイーゼ。会いたかったぞ」

艶めいた声で囁いて、クライドはもう一度ルイーゼにキスをする。

どんなに衝撃的なことも、時間は少しずつ日常の中に馴《な》らしていってしまう。

あの夜から長い冬を挟み、季節は春へと移ろおうとしていた。


その間に、たくさんのことがあった。

王都のランドルフ邸で意識を取り戻したルイーゼは、もう少し休めと言うクライドを振り切って再びローレン伯爵邸に向かい、ついに屋根裏に隠しておいた薬箱を回収することに成功したのである。

しかし、そこに保管している分だけではカミヒクルの根はとても足りなかった。

マクダの分だけなら充分だったのだが、もはやそれだけでは駄目なのだ。

ルイーゼは保管分を三等分し、まずは国王と王妃に処方した。それから王都の信頼できる医師にマクダの分を預け、北部へと急ぎ向かってもらうことにした。

さらにその過程で、バルバラから同じ薬を盛られていた人物はまだまだいるということも判明した。

いよいよ薬が足りなすぎる。

「南部に行くしかありません」

そう申し出ると、クライドは「もう準備はできている」と頷いて、その日の午後には二人は南部のローレン伯爵領に向けて出発したここ数年ローレン伯爵から完全に放置されていた領地は、ルイーゼの母の親族に護《まも》られ、むしろ以前より栄えていた。

バルバラの使いがおそろしい剣幕でルイーゼを探しに来たことをとても心配していた彼らは、ルイーゼの説明に驚いて、即座に街中のカミヒクルの根の保管分を集めてくれた。

すぐにルイーゼは王都に取って返し、特に危ない状態だった王妃イザベラの容態がある程度落ち着くところまで見届け、そしてついに、クライドと共に北部へと戻ってきたのである。王都に発《た》ってから、一か月後のことだった。


――本当によかった。


懐かしい声が聞こえた気がして、ルイーゼはそっと目を開いた。

窓の外は、とっぷりと暗くなっている。もう、真夜中をすぎたのだろう。館の中はしんと静かだ。しっとりとした爽やかな匂い。まるで南部の森の中にいるようで、ルイーゼはこの寝室が今までより更に大好きになった。

見上げた天井からは、たくさんの鉢が吊り下げられている。天井だけではない。壁際から棚の上、床の上にもあふれるほどに鉢や壺が並び、窓際には乾燥した葉がずらりと干されている。

身体を起こした自分が何も身につけていないことを思い出し、赤くなってブランケットを胸に押し当てる。

隣に横たわって目を閉じているクライドを、改めてじっと見つめた。

切れ長の瞳の目じりはクールに跳ね上がり、すっと通った鼻筋と、薄い綺麗な唇のラインが美しい。

少し眉を寄せて眠っているのが、なんだか無防備で可愛い。

何気なく視線を下げていくと、彼の逞しく引き締まった胸板と腹筋、そしてその下まで目に入ってしまい、慌てて自分のブランケットをクライドに掛けた。

クライドも全裸であることに、つい先ほどまで繰り広げられた濃密な交わりを思い出してしまい、かっかかっかと頬が熱くなる。

きっと、何度繰り返しても、この行為に真の意味で慣れてしまうということはないだろう。


この冬、クライドは北部と王都を頻繁に往復しなくてはいけなかった。

ルイーゼの想像をはるかに超えて、王都はめちゃくちゃにされていたのである。

カラミナの毒は上位貴族の当主や令嬢たちにも蔓延《まんえん》していたが、それは南部から持ってきた薬でどうにか鎮静化させることができた。

どうにもならなかったのは、バルバラに催眠をかけられ、かつ麻薬まで使われていた者たちである。

とりわけこの三年間何度も重ねて掛けられていたローレン伯爵と攻略対象たちはなかなかその呪縛と後遺症から逃れることができず、自我を取り戻した後も、どこかぼんやりとしたままになってしまった。

しかし、事態はそれだけでは終わらない。

クライドは即座に、政治の立て直しに着手した。

癒着と汚職、不正にまみれた現状を洗い出し、その多くに公然と関わっていた者たちの罪をあきらかにしていったのだ。

六人の攻略対象は、ことごとく汚職の中心人物であった。

彼らは一様に爵位や肩書を剥奪《はくだつ》され勘当され地位を追われ、王都から姿を消していった。

それは、王太子であったアランも同様である。

あの時バルバラを刺した彼は、自分の喉も突こうとしたところをなだれ込んできたランドルフ騎士隊に取り押さえられたという。

今、廃嫡されたアランは僻地《へきち》にある王家の領地で療養という名の軟禁生活を送っている。

田舎の村の片隅で、特に言葉を発することもなく、ただ淡々と日々を過ごしているという話だ。

そして。

アランに背後から刺されたバルバラ・ローレンは、驚くことに一命をとりとめていた。

彼女は今、王都の北の海上に浮かぶ小さな島に建てられた細く高い塔の最上階に、監禁されている。

意識を回復した時、バルバラの目からは人を操る力が失われていたという。

会いに来る者もいない塔の上で、バルバラはたった一人、この世界に対するありとあらゆる怨嗟《えんさ》の言葉をわめきちらしているらしい。

彼女はいつまでも反省したり、変わったりすることはないのだろうか。

（前世の私を跳ねた車を運転していたのが、バルバラだった）

バルバラはルイーゼよりもずっと早く前世の記憶を思い出した上に、あんな恐ろしいチート能力すら持っていたのだ。

あの夜階段から落ちなかったら。前世を思い出さなかったら。きっと今ごろルイーゼは、バルバラの狙い通りに命を失っていたに違いない。

（だけど、それ以上に恐ろしいのは）

クライドと出会えなかったかもしれないことだ。

そっと、クライドの瞼に唇を付けた。目を開かないので、もう一度今度は反対の瞼に。

あの日、前世を思い出してよかった。クライドに会いに来てよかった。

この世界に、ルイーゼ・ローレンとして生まれてこられてよかった。

全然目覚めないクライドに、ルイーゼの動きは徐々に大胆になっていく。

隣に寄り添うように横たわり、唇に軽く口付ける。もう少しちゃんとその唇を感じたくて、彼の身体の反対側に片手を突くと、覆いかぶさるようにキスをした。

ルイーゼの下腹部に、硬いものが当たる。

それは、ブランケット一枚を挟んでちょうどルイーゼのおへその下。クライドの腰のあたりで存在を主張しているのだ。

ルイーゼはクライドの身体をまたぐようにのしかかり、舌を口の中に差し込んだ。

硬く隆起したものが、ブランケット越しにルイーゼの脚の間、眠る前までの交わりで蕩けた場所に擦れる。口付けを繰り返すと、自分の中から新たな泉が湧き出てくるのを感じた。

存在を主張するものを、脚の間で挟むようにして下から上へとゆっくりと擦る。ブランケット越しにもう一度。

くくっ、と喉を震わせて、クライドが笑った。

「とっくに起きていたでしょう?」

「期待していたんだ。いつ君が我慢しきれなくなるかって」

二人の間を隔てていたブランケットを抜き去ると、クライドは挑発的なまなざしを向ける。

「ほら、ちゃんと自分で挿れてみろ」

切れ長の目は冷たげで、だけどその奥には熱くたぎる炎が燃えている。

ルイーゼを求めて牙をむく、欲望にまみれた熱だ。

それを感じ取り、身体の芯が熱く火照っていく。

生まれたままの剥き出しの姿で、ルイーゼはそっと身を起こす。鍛え上げられたクライドの胸板に手を突いて、やや前かがみになると反対の手でそそり立ったものと自分の秘所の位置をあわせる。

「んっ……」

蕩けきったその場所に、硬いものがぴたりと合う。

「いいぞ。そのまま腰を下ろせ」

クライドは唇の片端を持ち上げて、ルイーゼの顔を見上げてくる。

ルイーゼは必死でクライドを自分の中に収めていく。その様子をじっと観察しながら、クライドは手を伸ばして、前かがみになることで大きさが強調されたルイーゼの胸をたぷたぷともてあそんだ。

「や、クライド様……あそば、ないで」

「可愛がっているんだ」

「もうっ……」

ぷっくりと膨らんだ先端を、左右一度につままれた。

「あっ……」

刺激に力が抜けた刹那、腰がストンと落ちてしまう。重力で、いきなり奥までごつりと太く長いものが入ってきた。

頭の奥が、チカチカする。

「っ……最高だな」

クライドは上半身を起こすと、力の入らないルイーゼの顎を上向かせ、くすぐるようなキスをした。

「ほら、動いてみろ」

「え、あ……」

「自分の気持ちいいところに俺をあてがってみろ。大丈夫だ、いいところは俺が存分に教えてきたはずだから」

腹部の奥に、クライドの熱と硬さを感じる。それは瞬間ごとにどんどん大きくなっていくようで、内側からルイーゼに楔《くさび》を打ち付けて、永遠に逃がさないようで。

(だけど、もっと感じたい)

クライドの胸に手を当ててキスをしながら、ルイーゼはゆっくりと腰を旋回させる。持ち上げて、落とす。最初はほんの少しだが、次はもう少し持ち上げて……中で、クライドの形を感じる。

「あっ……そこ……だめ……！」

入り口を少し入った腹の裏側が削られて、ルイーゼは大きな声を上げた。思わずクライドにしがみついてしまう。

「自分で腰を振っておきながら、なにがダメ、だ」

必死で呼吸を整えるルイーゼの耳に、揶揄うようにクライドが口付ける。それだけでルイーゼの中は息を吸い込むようにしびれてしまい、クライドがくっと息を漏らした。

逞しい身体に抱きしめられて、体温を感じて。そして、体の内側から鼓動を感じて。

「だって、身体のすべてで……クライド様を感じる、ことができるから……」

勝手に腰が、揺れてしまう。気持ちいいところに押し当てて、何度も何度も、そこを擦りつけてしまう。

「あっ……あっ、あっ……」

「悪い子だな、ルイーゼ。この俺の上で勝手に腰を振って。悪女の面目躍如ってところか」

「クライド、さま……！」

何度目か分からない勢いで、ルイーゼの中がきゅっとなる。クライドは明確に両眉を寄せて、ルイーゼの腰に手を当てた。

「ルイーゼ、いいぞ、そのまま果てろ」

クライドが、腰を鋭角に突き上げてくる。

ルイーゼの拙い動きに伴走して手を繋ぎ、そのまま宙に放り投げるように。

「あっ……あっ、あああっ……」

はしたない声を上げながら、ルイーゼは夢中でクライドにしがみつく。

身体の奥に、クライドの熱が放出されていくのを感じる。


今年の冬は、かつてないものだった。

北部は例年並みだった一方で、王都周辺を激しい吹雪が襲ったのだ。それは十日近く続き、各地からの交通網を遮断しつつザレイン王国の中心を真っ白に埋めた。

腐敗によって爛れ切った人々は、まるですべてを無に戻すような自然の力に震え上がった。

異常気象でただでさえ収穫量は減っていた上に、政治の混乱によってその管理すらおぼつかない状態だったのだ。

慣れない雪と食糧不足。この冬を越すことができないかもしれない。

そんな中、王都を支えたのは北部だった。

クライド・フォン・ランドルフ侯爵は、積雪をものともせず大量の食糧と物資を王都へ運び込んだ。

北部の広大な土地で採れる農作物や、異国の技術を取り入れて近年漁獲量を飛躍的に伸ばした海産物。

それらを瓶詰や缶詰の形で王都へ提供し、貴族も一般階級も隔てなく分け与えていったのだ。

ルイーゼは冬の前半は王都でそれを手伝ったが、やがて北部に戻り、薬草の栽培に専念した。城内で最も日当たりのよく暖かいこの館の私室はもはや温室のようになってしまったが、中庭には本物の温室も建設中である。

ここでルイーゼは、王国中の薬草を栽培できないかと考えている。

母の資料にまとめられていたものを、管理できるようにしていく。

人間にとって有用なものも、危険なものに対する防衛手段も。知識を共有して安定的に供給できるようにしておけば、今回のように危険な薬が出回ることを防げるだろう。万一出回ったとしても、被害を最小限に食い止められるかもしれない。

（壮大な計画だけれど、やる価値はあるわ）

それが、自分があの頃してきたことの償いに、少しでもなるのなら。


食糧難が一段落つくと、クライドは更なる政治改革を進めていった。

腐敗した上位貴族の配置を変え、代替わりを進める。一方で国の中心まで入り込んでいた異国に対しては、毅然《きぜん》とした態度で関係を清算した。

そんな中、王都から北部へは多くの人々が訪れるようになっていた。

異国の言語や技術を学ぶことを目的にした者たちの他に、なんと貴族令嬢たちも北部に憧れを募らせているという。

王都でルイーゼが着ていたドレスはすべてシェラード公国製のものだったが、それがいつの間にか社交界の話題を独占していたのである。

――あのルイーゼ・ローレンが大立ち回りを演じても、びくともしなかったらしいですわ。

――ドレスを翻して悪漢どもと戦うルイーゼ・ローレンはまるで正義と美の化身。憧れますわ。

美しく洗練されて、戦うこともできるドレス。

そんな評判を勝ち取ったシェラード製のドレスを求める令嬢たちが、こぞって北部を目指しているという。カロリンたちが想定していたブランディングとは乖離《かいり》しているのではと不安だったが、彼女たちは我が意を得たりと張り切っているようだった。

ちなみにクライドは笑いながら、「美しくてタフとは、まさにルイーゼそのものだな」と気に入った様子だったが。

顧客一人一人に一番似合う形の、動きやすくて丈夫なドレス。流行に流され使い捨てられることなく、長く大切にされるドレス。

その評判は、やがてザレイン王国のみならず大陸中の国々にまでも広がっていくことになる。


「今、何か別のことを考えていたな」

ぐちゅりと下から突き上げられて、ルイーゼは嬌声を上げた。

あれから更にもう一度限界まで高められたルイーゼは、一瞬意識を飛ばしかけていたのだろう。そんなことは許さないというように小刻みに突き上げながら、クライドは結合部分の少し上、敏感な突起をめくり上げるとちょんと弾いた。

瞬時に中が収縮して達しそうになる。クライドにしがみつき、ルイーゼははくはくと息をついた。

「いいさ、別のことを考えたいなら好きにしろ。ただしそのたび何度でも、それを後悔させてやる。俺のことしか考えられなくしてやるからな」

ルイーゼの尻に五本の指の腹を立て、クライドが意地悪く笑う。

「クライド、さま……。私はいつも、なにも、変わらない。クライド様のことだけ、です」

許容を超えた快楽に、身体が熱を帯びている。クライドはルイーゼに口付けて腰を引き寄せると、中に精を放出する。

しかしほんの少しの間も空けず、再び彼は動き出した。

繋がったままルイーゼの身体を横たえて、全身を見下ろしながら挑発的に笑う。そしてゆっくりと、硬いままのそれの出し入れを再開するのだ。

首筋に光る汗まで見えるのは、部屋が明るくなっているからだ。夜が明けて、朝が来たのだ。

「クライド様、起きなくちゃ……」

「足りない」

ゆっくりゆっくり中を擦り、奥をとんとんと小突いてくる。そのたびに甘い声を上げてしまうルイーゼの一番奥で、クライドはまたゆっくりと精を吐き出した。

しかし、それでもまだクライドの硬さが損なわれることはない。

「もう一度だ、ルイーゼ」

「だめ、クライド様、変になってしまいます……」

あえぐルイーゼに口付けて、繋がったままクライドはきつく抱きしめる。

「ルイーゼ、いつか共に世界を回ろう。北の隣国も、西の大陸も。砂漠を越えて東の国へも」

「世界一珍しい薬草も、集められそう」

視線が絡み、クライドはふっと微笑んだ。

「ああ。宝石なんかよりずっと貴重な薬草をな。史上最高の悪女にふさわしいものを」

「ええ、そうですわ。私は悪女……」

ルイーゼも、艶やかに微笑んだ。

アルバイトに追われていた前世の自分。この世界で母と王妃に愛してもらえた薬草オタクの自分。

そして記憶を取り戻して、クライドを愛した自分。

それだけではない。バルバラの催眠に負けて悪女として振舞ってしまった、弱い自分すらも。

すべてが自分だ。重なり合った道のその果てに、今の自分がある。

すべてを受け入れられるのは、クライドが受け止めてくれるからだ。

「クライド様を誘惑した稀代の悪女、ルイーゼ・ローレンですもの」

「誘惑？　違うな」

深いキスをされて、身体の内側と外側から、包み込むように抱きしめられて。

朝の光が草花を輝かせる部屋の、白いシーツの上でクライドは囁いた。

「愛だよ、ルイーゼ。愛している」

両腕を伸ばして、ルイーゼは今度は自分から口付けた。

愛おしい人を魅了して、そして魅了されてしまう。

（それは、なんて贅沢で、そして、どこまでも幸せな）

「愛しています、クライド様」

＊

扉の前に立ち尽くして、イアン・リースは逡巡している。

長年ランドルフ侯爵家に家令として仕えてきた自分は、大抵のことでは動揺しない自信があった。

だがしかし今ほどの窮地に追いやられた家令は、歴代ひとりもいないのではないだろうか。

「イアン様、どうしましょう。城の前に人々が入りきらないほどに集まってきております。もちろん大広間はすでに来賓であふれそうです」

真新しいメイド服を着たロッテが、赤い顔で遠慮がちに報告してくる。

「クライド様もルイーゼ様もここにいるんでしょう？　父上、どうして中に入らないんですか？　僕が起こしてきましょうか？」

やる気満々のザシャが叫ぶ背後で、マクダが笑う。

「まあまあ。もしかしたらひ孫まで見ることができそうね。なんて幸せなことかしら」

杖を突きつつ背筋はピンと伸びて、顔色もいい。秋までとは見違えるほどである。

「イアン様、ご安心ください。ドレスの準備は万全です。クライド様からルイーゼ様が解放されたら、即座にお召し替えを遂行いたします」

シェラード公国から呼び寄せたスタッフをずらりと引き連れて、カロリンが頼もしく頷いてくる。

今日この日を境に大陸中から大量の注文が押し寄せるだろうことを、上品な笑顔の下で彼女はとうに計算済みなのだ。もちろんその窓口は、ランドルフ家が担うことになる。

「場合によっては、式を半日ほど遅らせてはどうだ。クライドもずっと王都にいたんだ、癒されたいんだろう」

「そんなこと、城の前の人々が許してくれませんわ。皆、大変な期待を持って国内外から集まっているのですもの」

一番後ろからの声に、イアンの緊張は最高潮に高まっていく。

ザレイン王国、国王陛下と王妃殿下。

彼らもルイーゼの薬で回復し、どうしてもと希望してこの北部まで駆けつけてくれたのだ。

（いや……前国王陛下と、前王妃殿下、か）

「それにしても、本当にここが王都になるのかな」

「どうでしょうねえ。でもどこだとしても、きっとお二人がいらっしゃるところがこの王国の王都になるのですよ」

ザシャとロッテが楽しそうに笑っている。

ランドルフ侯爵家の忠実な家令、イアン・リースはついに決意をして、白い扉に拳を当てた。

「クライド様――クライド国王陛下、そしてルイーゼ王妃殿下‼」

朗々とした声が、廊下に響き渡っていく。

城中の人々が、目と目をあわせて笑顔になる。

「結婚式が始まります‼　早く寝室から出てきてください‼」

青い空を背に聳《そび》え立《た》つ、北部の象徴・ランドルフ城。

春を迎えて輝く城を、はるか連なる山の上から銀の狼が見守っている。

あとがき

「転生悪役令嬢は、氷の侯爵を決死の覚悟で誘惑する　バッドエンド回避で溺愛ルート突入です！」をお手に取ってくださいまして、誠にありがとうございます！

茜たま　と申します。ケンカップルと両片想いを糧に、溺愛とライバルと主従と自業自得で不憫なヒーローをこよなく愛しながら、胸が熱くなるような展開を彷徨い求めて生きております。

またガブリエラブックス様でお会いできたこと、とっても嬉しく思います。

毎回このあとがきを書くことを楽しみにしております私なのですが、今回もネタバレ全開になるかと思いますので、もしも本編未読の方がいらっしゃいましたら、よろしければこの先は、読了後にご覧いただけたら幸いです……！

さて、今回のお話は、悪役令嬢に転生したルイーゼという伯爵令嬢が主人公です。

乙女ゲーム転生のお話は、実は前回もガブリエラブックス様で書かせていただいたのですが、それがとても楽しかったので、「次は悪役令嬢に転生しちゃった子も書いてみたい」と、こちらの世界に飛び込ませていただきました。

お話が始まった時点でつゆほども主人公に興味がないヒーローというのを書くのは珍しいので……ん？　あれ、もしかして……初めて……ではないか……？　かなり初めてに近いかもしれないのですが、ツンツンしているクライドさんは新鮮で、とても楽しく書けました。

せっかくですので本編の裏側などをちらっとお話しできたらなと思います！　申し訳ありません、本気ネタバレです！


本編の後半、ルイーゼがアラン殿下から眠らされて拉致された時を覚えていらっしゃいますでしょうか。あの時、家令の息子・ザシャは、窓の向こうからその様子を見ておりました。

大変だ！　とかなり動揺したザシャですが、「あなたならできるわ」というルイーゼの言葉が彼に勇気と冷静な判断力を思い出させます。ザシャはまず身軽さを生かして最短距離で父親のイアン部隊に接触、ローレン伯爵邸に潜入するのを食い止め、態勢を整えると共に王城に戻ります。

一方クライド閣下です。近衛騎士団によって王城に足止めを食らっているところにバルバラが登場。バルバラは催眠と薬を以てクライドを支配下に置こうとしますが、クライドは術中に落ちた素振りでやり過ごします。しかし不穏な空気を察しやや強引に（近衛騎士団の一小隊が再起不能に陥りましたが）自由を得たところに、近衛騎士団副団長に誘導されてイアンとザシャが駆けつけます。

状況を把握したクライドはものも言わずにローレン伯爵邸へと突っ込んでいってしまったので、イアンたちはランドルフ騎士隊を引き連れて慌てて取って返し、伯爵邸を包囲して……からの、本編のラストシーンへと繋がっていく……というわけです。

すべてルイーゼが気を失っている間の出来事なので、本編で描くことはなかったのですが、せっかくなのでここでご紹介させていただいてしまいました。知らなくても全然お話は楽しんでいただけるつもりで書いておりますが、裏側でザシャが頑張ってイアンが苦労してクライドが暴れていたことがお伝え出来て嬉しいです。ちょっと反則技な伝え方で恐縮ですが、お付き合い下さりありがとうございます。

ここでルイーゼたちのお話はおしまいです。

ルイーゼとクライドには頼もしい子供たちがたくさんできて（ザシャが一生懸命教育係をします）、子供たちが成長すれば国を任せて二人だけで世界中を旅したりして、ずっとずっと永遠に仲良しです。

結構長いことルイーゼとクライドのことを考えて書いていたので、ついに二人がみなさんの前にぽんっと登場する瞬間が迫ってきたのかと想像すると少し緊張して、でもやっぱりとっても楽しみです。ここまで読んでくださいまして、本当にありがとうございます。

今回も、とてもたくさんの方の手を借りてお話をお届けすることが出来ました。

装画をご担当下さいました鈴ノ助先生。氷の侯爵、北部の狼であるクライドの、自信たっぷりな笑みが徐々にルイーゼへの溺愛に熱を帯びていくその経過。そしてルイーゼの王国屈指の美しさへのこの上ない説得力と、セクシーでありながらどうしようもなく困らせたくなるような、心から愛でたくなるような、一生懸命な表情。

二人にこんなにも圧倒的な魅力と厚みを与えてくださいまして、本当にありがとうございます。

装画も挿絵も何度も何度もうっとりと見つめて、毎日幸せをたくさんいただいております。

いつも心強い言葉を下さる担当編集のN様、編集部の皆様、制作・印刷・宣伝・流通・販売に携わってくださいました皆様、紙も電子も、書店の皆様。

そしてこの本を手に取ってくださいました、すべての読者の皆様に、心からの感謝を込めて。

またいずこかの物語の中でお会いできる日を、楽しみにしております！

二〇二三年春　茜たま

ガブリエラブックスをお買い上げいただきありがとうございます。
茜たま先生・鈴ノ助先生へのファンレターはこちらへお送りください。

〒110-0016 東京都台東区台東4-27-5 (株)メディアソフト
ガブリエラブックス編集部気付 茜たま先生／鈴ノ助先生 宛

gabriella books

MGB-084

転生悪役令嬢は、氷の侯爵を決死の覚悟で誘惑する
バッドエンド回避で溺愛ルート突入です！

2023年4月15日 第1刷発行

著者 茜《あかね》たま
装画 鈴《すず》ノ《の》助《すけ》
発行人 日向晶
発行 株式会社メディアソフト
〒110-0016
東京都台東区台東4-27-5
TEL：03-5688-7559 FAX：03-5688-3512
http://www.media-soft.biz/
発売 株式会社三交社
〒110-0015
東京都台東区東上野1-7-15
ヒューリック東上野一丁目ビル３階
TEL：03-5826-4424 FAX：03-5826-4425
http://www.sanko-sha.com/
印刷 中央精版印刷株式会社
フォーマットデザイン 小石川ふに(deconeco)
装丁 吉野知栄(CoCo.Design)

ISBN 978-4-8155-4310-5